エリート救急医と偽装結婚のはずが子どもごと愛されています

m a r m a l a d e b u n k o

桜井響華

マーマレード文庫

エリート救急医と偽装結婚のはずが子どもごと愛されています

エリート救急医と偽装結婚のはずが子どもごと愛されています

プロローグ

一体、私たち家族が何をしたというのか。

運命はあまりにも残酷である。

両親が法事で遠出をして、夕方までには帰れると言っていたので、私は二人の帰りを夕飯を作って待っていた。

しかし、夜八時過ぎになっても、両親のどちらも電話に出ない。

父が運転しているだろうから、初めは母にかけた。けれども助手席に乗っているはずの母から、折り返しの電話もメッセージもなかった。

一時間後、あまりにも連絡がこないために父のスマホにも電話をかけたが、長めのコールのあとに留守電に繋がってしまう。そして、留守電に『夕食は作ったから気をつけて帰って来てね』とメッセージを残した。

折り返しの連絡もないままに時間だけが過ぎていく。どうしたんだろう？と心配していると、警察署から電話がきた。

『ご両親が事故にあいました。搬送先は成瀬総合病院です』と——。

私の心の中は状況の整理ができないまま、咄嗟に妹から預かっている幼子の壮真(そうま)を抱き抱え、緊急事態なので自宅からタクシーで向かった。

しかし、病院に着いた時には既に両親は亡くなっていた。

事故にあったのは、自宅まで残り三十分くらいのところだったそうだ。

見通しの良い交差点だったが、父が運転する車に、スピード違反をしている上に信号無視をした車がぶつかってきた。

話を聞いた限りでは助手席側からぶつけられたらしい。

「相川賢一(あいかわけんいち)さんも百合江(ゆりえ)さんも救急搬送されましたが、手の施しようがなく……」

私は成瀬総合病院の総務課で働いている。

話したことはないが、目の前には見たことのある医師が二人立っている。

二人は救命救急センターの医師で、うち一人は成瀬総合病院の跡取り息子の成瀬先生だった。

「嘘、でしょう？　……ねぇ、お父さん！　お母さん！」

私は感情が追いつかず、霊安室でただ泣き叫ぶことしかできなかった。

両親との別れがこんなにも突然で、呆気なくて……お別れも言えなかっただなんて。

「きーちゃ、パパとママ、おねんねしてるの？」

顔に外傷は少しだけあったものの、ほぼ布団で眠っているかのような二人。声をかけたら、起きてくれそうなのに……。

「違うよ……」

妹に実家に置いて行かれてしまった壮真は、世間体的には両親の子として育てられていた。なので、壮真は祖父母にあたる二人をパパとママと呼んでいた。

泣いている私に壮真が話しかけてくるが、どう答えればいいのだろうか？

……けれど、もうこの世には居ないのだから、分かってもらわなきゃいけない。

「壮真、パパとママはね、天国に行っちゃったんだよ」

「天国？」

「そう、遠いお空の国……」

最初は壮真もよく分からないといった表情をしていたが、寝ていて起きない二人を見ながら、ただごとではないと理解し始めたようだ。

壮真はペチペチと両親の頬を軽く叩くが、二人とも微動だにしない。

「お空の国なんて、やーだぁー！　あーあー」

壮真も声を上げて泣き始めて、床に大粒の涙が零れた。

私は壮真を抱き上げて、ぎゅっと抱きしめる。

「私が……きーちゃんがついてるからね、大丈夫よ」

「……ひっく、……うん。きーちゃ……はどこ、にも……いったら、めーよ」

「うん、行かないよ。ずっと二人で一緒に暮らそうね」

両親が交通事故で亡くなってしまった今、壮真が頼れるのは私だけ。

仕事も家事も子育ても一人でこなさなきゃいけないから、しっかりしなきゃいけない。

壮真を親戚の家や施設に預けないためにも、収入も増やさなくては……。

「相川……」

成瀬先生に名前を呼ばれた気がしたが、私は気のせいだと思った。

成瀬先生には同情もされたくないもの。

成瀬総合病院の跡取り息子で、次期病院長という決められたレールの上を進んでいる人には、私の苦しみなんて分からないはずだ。医師になることはとても険しい道だとは理解しているが、そういうことではない。

頼れる両親も居なくなり、希望も見いだせずにいる私と、将来を約束されている成瀬先生とでは、天と地の差の境遇だもの。

けれど……、自分が大変な思いをしたとしても、絶対に壮真を守りたい。

一、近付く距離

一月下旬の夕方、雪がふわふわと舞ってきた。

天気予報によると都会でも雪が積もるそうだ。

私は、雪が積もらないうちに帰宅したいと思っている。

「きーちゃん、お仕事お疲れ様ー」

私、相川清良(きよら)、二十五歳は仕事を定時で上がって保育園のお迎えに来ている。

延長保育の部屋の前で私を見つけるなり、笑顔を振りまきながら駆け寄って来た男の子は相川壮真、四歳だ。この天使のような可愛い笑顔が、私に元気を与えてくれる。

壮真は私の手をぎゅっと握り、先生の元へと連れて行く。

「お疲れ様です。壮ちゃん、今日はひらがなを書く練習をたくさん頑張ったんですよ」

「僕ね、きーちゃんのお名前も書けるようになったよ」

先生がにこにこしながら私に伝えると、壮真も嬉しそうにはしゃいでいる。

「お家に帰ったら、きーちゃんのお名前を書いてくれる?」

「うん！　みんなのお名前も書くよ」

壮真の言う〝みんな〟とはきっと、保育園の先生と亡くなったパパとママだ。

パパとママとはいっても、実際は壮真の両親ではない。

私には三歳下の妹がいる。

妹は自由奔放で恋愛にのめり込むタイプで、男性が傍に居ないと生きていけない人間だった。

私が大学二年の時に妹が妊娠して、子どもの父親と結婚して出産したのだが、一年後に離婚した。

離婚して実家に帰って来た妹は、子どもを置いて遊び歩くようになり、次第に帰って来なくなった。だから壮真は、私と両親で面倒を見ていた。

壮真は両親の子ども同然に育てられてきたのだ。

ある日、壮真が三歳になったばかりの頃、両親は親戚の法事に行った帰りに、一般道で交通事故に巻き込まれた。

両親共に救急搬送されたが病院で亡くなってしまった。それからというもの、私は壮真の面倒を一人で見ることになった。

壮真は妹によく似ていて、目がぱっちりしていてまつ毛も長く、愛嬌もある。

私は奥二重でそこそこの目の大きさ、鼻の高さも唇の厚さも標準で、特別美人でもない。オマケに人見知りもしがち。肌の色も色白というよりは、顔色が悪いと思われるような青白い感じだ。

両親が亡くなってからは心から笑うことができなくて、愛想笑いが得意になった。誰かに合わせて無理に笑う必要もないということに気付き、いつしか笑顔の数も減った気がする。

男性はみんな、妹みたいな愛嬌があって可愛い女性が好みなんだろうけれど……。一緒に居て安心するのは、壮真だけ。

両親が居ない現在も二人だから頑張ってこられた。

「きーちゃん、雪積もるかな?」

保育園の先生にさよならをして外に出た頃には、雪の粒が大きくなっていた。

「天気予報で積もるって言ってたから、早く帰ろうね」

舞い降りてくる雪が頬を掠めていく。両親が亡くなって初めての冬。寒い日の夜、家族みんなで熱々の寄せ鍋を食べたこと、バレンタインにはチョコフォンデュもしたことを思い出す。両親と壮真は、とても楽しそうな笑みを浮かべていた。ついこの前のように感じてしまい、思い出しては切なくなる時がある。

「うん、雪が積もるの楽しみだね!」

壮真のしている毛糸の手袋もひんやりと冷たくなり、手を繋いでいても暖かくなくなってきた。

自分も手袋をしているが、手がかじかんでしまう。

「きーちゃん、ご飯なぁに？」

帰り道には必ずといっていいほど、壮真は夕飯のメニューを聞いてくる。

寒さに頬が赤くなっている壮真だが、可愛い笑顔を見せてくれる。

仕事でどんなに疲れていても、それが吹き飛んでしまうくらいに壮真の笑顔は効果絶大だ。

「今日はね、温かいうどんだよ」

「おいなりさん、うどんに入れてね」

壮真は、おいなりさんが大好きである。なので、きつねうどんの油揚げの甘辛煮も壮真にとってはおいなりさんだ。

「きーちゃんのおいなりさん、甘くないから買って来たやつがいい」

「うん、そうしたよ」

可愛い盛りなのだが、時に生意気を言う。

私はそんなに料理が得意ではなく、できにムラがあるので、子どもの壮真は遠慮なく指摘してくるのだ。

壮真は私の妹とは一歳半くらいまでしか一緒に暮らしたことがないので、実の母親の記憶が抜け落ちている。

妹は私よりも料理ができなかったのだが、壮真のためには離乳食を頑張って手作りしていたと聞いた。しかし、離婚してからは実家に戻って来たのをいいことに全く料理もせず、壮真の食事も人任せで遊びに夢中になっていた。

「壮真、階段が濡れてるから気をつけて上ってね」

「うん、滑らないようにする」

私が働いている職場から保育園までは徒歩五分、保育園から自宅アパートまでは十分ほどである。

保育園は認可外のところで利用料が割高だが、認可保育園は空きもない。それに私は壮真の身内ではあるが、母親でもないし姉でもない。

手続きをすれば認可保育園に入れるのかもしれないが、複雑な環境なこともあり、手続きに割く時間もないために、認可外の保育園に通い続けている。

稀に残業で遅くなる時もあるし、時間的にもある程度は認可外の方が融通が利くかな？と思っている。

「ママー、パパー！　ただいまー！」

帰宅して玄関の鍵を開けると壮真は靴を脱いできちんと揃えてから、いつも真っ先に両親の遺影の元に駆け寄る。線香はあげないまでも、手を合わせて黙祷してから保育園のリュックを背中から下ろす。

「ただいまって言ったから、今から手洗いうがいするね」

「うん、お願いね」

インフルエンザなどの流行病も広まっているので、手洗いうがいを真っ先にしてほしいのだが、壮真のルーティンは崩せない。

「ご飯の支度しちゃうから、待っててね」

「分かった！　僕、お勉強するね」

壮真は本屋で購入したひらがなの練習帳と、ペン立てを棚から取り出してコタツの上に広げる。

ぬくぬくと暖かくなっていくコタツの中に足を入れて、壮真は真剣に鉛筆で練習帳に書いていく。その姿が微笑ましくて、ずっと見ていたいけれど……夕食の支度をしなければならずにキッチンに立つ。

まず、冷蔵庫からめんつゆを取り出して温かいつゆを作る。

ほうれん草も茹でて、長ネギも切る。明日の朝食はロールパンのたまごサンドにしたいので、たまごをいくつか茹でた。朝食の下ごしらえは、だいたい夕食とまとめて作ることが多い。

次にゆでうどんと味付け油揚げを取り出して、きつねうどんも作った。

「壮真、できたよー！　食べよう」

「今、片付けるね。待っててー！」

壮真はコタツの上に置いてある練習帳などを手早く片付けて、濡れ布巾で綺麗に拭いて箸を並べてくれる。

お利口さんで、この作業を毎日してくれるので私は助かっている。

「ありがとう。きつねうどん、お待たせ！」

壮真が先に座って待っていて、他のおかずを並べてからきつねうどんを運んだ。

「いただきます」

壮真の分は味付け油揚げを二枚乗せてある。それを見た瞬間に嬉しそうに微笑む壮真は、本当に天使のように可愛い。

「きーちゃんはおいなりさん、一枚でいいの？」

私のうどんが入ったどんぶりを心配そうに見ながら、壮真は訊ねてくる。

「うん、いいの。うどんに乗せないで、ご飯を詰めてあるおいなりさんを食べるから。壮真も食べる？」

「食べない！　おいなりさんはうどんの方が美味しいよ」

味付け油揚げは四枚入りだったので、うどんに使用して残った分の一枚にはご飯を少しだけ詰めた。それは壮真は食べないので、私が食べる。その他にブロッコリーと人参を小さく切って茹でてから、ゆでたまごを潰して混ぜ、マヨネーズで和えたサラダも出した。

野菜は小さくすれば壮真も食べるので、食感を損なわないくらいの大きさにしている。

「きーちゃん、あのね、僕……」

壮真は食べている合間に話をする。

「なぁに？」

「早く大人になって、きーちゃんみたいにたくさんお仕事したいの」

壮真は時々、私を気遣ってなのか、そんなことを口に出す。

「きーちゃんはね、壮真が早く大人になったら悲しいよ。だって、きーちゃんも早くにおばあさんになっちゃうじゃない」

生活は苦しいが、壮真には心配させたくない。

何不自由なくは無理かもしれないが、壮真が望むのならば、できる限りのことはしてあげたい。

「あはは！　きーちゃんがおばあさんになったら、僕もおじさんになるね」

おじさんになった自分を想像しているのか、もしくはおばあさんになった私を想像して笑っているのかは分からないが、壮真は楽しそうだ。

病院では副業が禁止されているが、生活のためにやむを得ないということで、特例措置をとってもらって在宅ワークをしている。私がしている在宅ワークは、通販サイトのデータ入力だ。

条件は昼間の仕事に影響が出ないことだ。

壮真は昼も夜も働く私を見て、子どもながらに気の毒に思ったのか、率先して手伝ってくれる。

「ごちそうさまでした。きーちゃん、今日のご飯も美味しかったよ」

食べ終わると箸を置き、壮真はきちんと挨拶をする。壮真が礼儀正しいのも、両親がきちんとしつけをしてくれたからだ。

壮真はこんなにも良い子で愛らしく、自分の子どもだと錯覚してしまう時もある。

我が子でもなく、弟でもなく、甥っ子だというのに――。

「さて、片付けしたらお風呂入ろうね」

「うん、僕もお手伝いするね」

壮真は食事の後片付けも手伝ってくれる。

食器を運んでくれるだけでもとても助かっていて、私の家事時間が軽減される。

お風呂のあとは壮真を寝かしつけ、在宅ワークの時間だ。

平日は仕事帰りに買い物を済ませ、夕方六時までに保育園に壮真を迎えに行き、自宅に帰ってすぐに夕食を作り始め、夜中まで在宅ワークをするのがルーティン。

そんなクタクタな毎日を送っている私だが、自分がしっかりしないと壮真が施設に送られてしまうかもしれない……と思って必死になって働いている。

遠い親戚から、『うちに預けるか施設に預けたらいいのでは？』と提案されたのだが、壮真も行きたくはないだろうし、私も離れたくなかったので頑張っている。

両親の事故の慰謝料と、両親が加入していた生命保険の死亡見舞金は、妹と折半した。葬儀などの費用やアパートに引っ越しした際の費用等を引いた残りは、壮真の将来の学費のためにほとんど手をつけていない。

「きーちゃん、これで全部ね。僕、テーブル拭いてくるね」

「ありがとう、よろしくね」

壮真にテーブルを拭く濡れ布巾を渡したあと、急に血の気が引くような感覚に襲われる。

目眩がして立っていられず、気持ちが悪くて吐き気がする。

私、どうしたんだろう？

うわぁ。頭の中がぐるぐる回っている感じがする。

目の前が真っ暗になり、床に膝をつこうとしたのだが……。

壮真が「きーちゃん、きーちゃん！」と遠くから呼んでいるような気がしたが、立ち上がることはできずに、私は意識を失った。


目が覚めると病院のベッドの上で寝ていた。

「気がついたか？」

ぼんやりと目を開けて、声のする方を向く。

ベッドの横には、紺の医療スクラブを着用している男性医師の姿があった。男性医師は椅子に座り、壮真を抱っこしながら絵本を読み聞かせていたようだ。壮真は膝から飛び降りて、「きーちゃん、大丈夫?」と心配そうな顔をして擦り寄って来た。

「うん、大丈夫だよ。ありがとう」

夕食の片付けをしている時に倒れたような気がするが、その後の記憶が全くない。腕には点滴の針が刺さっており、ゆっくりと上半身を起こすと少しだけ身体が重いような気もした。そして後頭部にズキッとする痛みがある。

私が起き上がってからすぐに壮真はベッドの上に座り、ぎゅっと抱きついてくる。

「壮真、心配かけてごめんね!」

「きーちゃんが起きなかったら、僕どうしようかと思った……」

みるみるうちに壮真の目から涙が零れ出した。壮真は眠いのも我慢して、私の目が覚めるのを待っていたのだろう。

男性医師はこちらをじっと見ている。業務中ではないらしく名札はつけていないが、救急医の成瀬先生だ。

「あの……、成瀬先生ですよね?」

恐る恐る話しかける。

「そうだ。君は、あの事故の時の……」

「そうです、相川です。その節は両親が大変お世話になりました。今回は私がお世話になってしまい、すみませんでした！」

成瀬先生は両親が事故にあって搬送されて来た時、もう一人の救急医と共に治療を施してくれた。

同じ病院に勤めてはいるが、医師と総務課なので全く接点はない。しかし、成瀬先生の噂は嫌というほどに耳に入ってくる。何故なら、成瀬先生はこの病院の跡取り息子、成瀬結仁(ゆいと)だから。

「あの時の事故は、とても悲惨なものだったな……。手の施しようがなく、助けてあげられなくて申し訳ない」

深々と頭を下げてくる成瀬先生に私は、「いえ、決して成瀬先生のせいではないので……」と返した。

事故から月日が経ち、気持ちも落ち着いてきたので、すんなりと言葉に出せた。

成瀬先生は救急医で、忙しく走り回っているのを見かける。将来も有望で、奥二重だがはっきりとしている目元に、筋の通った鼻、薄い唇という整った顔をしていて、女性職員の憧れの的なのだ。そんな成瀬先生なので、接点はなくとも噂が耳に入ってくるのだ。

彼は一切笑わないとも聞いているし、私には無愛想で冷たいイメージしかなかった。

だが、目が覚めるまで壮真の面倒を見てくれていたし、たくさんの人を救っている救急医なので、あながちそうではないのかもしれない。

「話をする前に、その子を簡易ベッドに寝かせよう。やっと安心して眠れたんだな」

壮真は張り詰めていた糸が切れたみたいに、私にべったりとくっついたままで寝てしまった。成瀬先生がそっと抱っこをして、付き添い用の簡易ベッドに移動させた。

「病院に来る時に、この子が相川の荷物だと言ってバッグを持っていた。貴重品が入っているんだろう？」

「すみません、ありがとうございます」

自分の座っている椅子の近くに置いてあった黒のショルダーバッグを成瀬先生は持ち上げると、私に手渡してくれた。

壮真は四歳なのに、私のバッグのことまで気にかけてくれて本当にお利口さんだ。

ショルダーバッグの中には常に、自分と壮真の保険証と貴重品が入っている。

「さて……、君の身体の負担になるといけないから手短に話そう」

壮真に毛布と掛け布団をかけながら、成瀬先生は私にそう告げた。壮真の寝息が静かな病室に聞こえる。

「俺が帰ろうとしたら、この子が病院の外をウロウロしていた。相川が働いているこの病院まで来れば何とかなるだろうと思ったらしい」

「え？」

私の住んでいるアパートから病院は歩いて十五分と近く、子どもの来られる距離ではあるが、横断歩道などもあり一人では危ない。それに子どもの足では余計に時間がかかるだろうし、オマケに雪も降っている夜道だ。心配事しかない。

壮真は危険も顧みず、私のために夜道を一人で歩いて来たなんて……！

「この子に事情を聞くと相川が倒れたと言って、自宅に案内してもらって病院に運んだ。そして、この子が自宅で一人きりになると言うので一緒に病院に連れて来た」

「そうでしたか……」

成瀬先生は仕事で疲れているだろうに、気遣わせてしまい申し訳ない気持ちでいっぱいになる。

「この子はとても勇敢で頭の良い子だ。夜道で怖かっただろうに、一人で病院まで走って来た。手も頬も冷たくなっていたので、相川の自宅まではタクシーで移動して、病院に着いて処置をする間は看護師に見ていてもらった」

成瀬先生は淡々と話す。

処置が終わってから私が目覚めるまでは、成瀬先生が壮真の面倒を見ていてくれたらしい。

「本当にありがとうございました。もう大丈夫ですから。明日、お会計して帰ります」

後ほど、成瀬先生にはお礼の菓子折りか何かを渡そうと思う。

救急医で休む暇なく働いているのに、私のせいで帰宅もできなくなってしまった。

本当に申し訳なくて、心ばかりだが感謝の気持ちを示したい。

この病院の医師は患者から金銭や贈り物を受け取ってはいけない決まりだが、私は患者ではないのだから大丈夫だろう。

「帰すわけにはいかない」

「え？」

後頭部に少しズキッと痛みが走るだけで、何でもないと思うのだが……？

「倒れた直後には痙攣もしてなかったし、てんかん等の病気ではないと思うが、頭を強く打っている。念のためにＭＲＩと脳波の検査をする予定だ」

「でも、壮真がいるので……」

壮真の面倒を見るのは私しかいない。私が居なくなったら、他に頼れる人は居ないので壮真は一人では生活できない。どうしたらいいのだろうか？

こんな時、私は不安になってばかりだ。

私が倒れたりしたらどうすればいいのか？といつも考えてはいたが、具体的な案はないままに過ごしていた。正に現実で起きてしまい、私は戸惑っている。

「大丈夫だ。君が入院してる間は、俺か、俺の実家で面倒を見よう」

「成瀬先生にばかり負担をかけられませんよ！」

何故、私に対してこんなに親切にしてくれるのかが分からない。

両親が助からなかったのは成瀬先生のせいではなく、運命だとしたら仕方のないことだ。成瀬先生が両親を助けられなかったと気に病み、謝罪代わりのことをしてもらう必要はない。

「検査入院ではあるが過労の心配もあるので、念のために休養も兼ねて一週間は入院してほしい」

「……一週間も！」

入院の説明を簡単に受けたが、明日改めて担当の看護師から連絡があるらしい。

大部屋に空きがなく、個室に案内されたと聞き、医療保険の入院給付金で費用を賄えるかどうか、壮真の面倒はどうするべきか……と生活の不安ばかりが頭をよぎる。

私の目が覚めて安心しきったかのように壮真は寝ているが、朝になれば独りぼっちになってしまう。こんな時、頼れる人が居ないので途方に暮れてしまう。

遠い親戚は居ても、私が壮真の面倒を一人で請け合うと決めた以上は頼めない。過労気味が知られれば、壮真は遠い親戚の元に連れて行かれてしまうかもしれないと考え、簡単にお願いすることはできないのだ。

「この子は壮真といったな。壮真から、君は仕事ばかりしていると聞いた。在宅ワークをしているらしいが、この病院は副業が禁止なのを知っているのか？」

私は指摘をされて一瞬ドキッとするが、間違ったことはしていない。

「はい。生活のためにしていますし、上長から許可も得ています」

副業の届け出には、上司が病院長の印までもらって来てくれた。なので何も咎められることはない。

「生活のためとはいえ、甘えたいのに甘えられずに寂しい思いをしながら暮らしている子どもが本当に幸せなのか？　よく考えろ！」

強い口調で成瀬先生から説教を受ける。

続けざまに「壮真は君の子どもなんだろ？」と聞かれた。

「え？　ち、違います……！　壮真は妹の子どもなんです」

「妹……？」

成瀬先生は、きょとんとした顔をした。

「はい。実は、恥ずかしながら妹が出て行ってしまいまして……。私の両親も亡くなり、私一人で面倒を見ています」

「そうなのか……」

予想通り、成瀬先生は驚いている。私を見る表情は、まるで流行りのドアマットヒロインを見ているかのようなそんな感じだ。

それもそうか。両親が亡くなった上に妹の子どもまで面倒を見ているのだから、可哀想に見えるのかもしれない。

「今では自分の子どもみたいですけどね」

私は口角を上げて、微笑みを浮かべる。

壮真は赤ちゃんの頃から妹や両親と一緒に面倒を見ているので、我が子同然のかけがえのない存在である。このまま自分の子どもとして育ててもいいくらいに愛おしくて、手放したくない。

「ずっと、相川の子どもだと勘違いしていた。まさか、そんな事情があったとはな……。差し出がましいようだが、俺にも頼らないなら、入院中は壮真をどうするつもりだ？」

　成瀬先生は痛いところを突いてくる。

「壮真をここで……病室で、一緒に寝泊まりさせてもいいですか？」

　恐る恐る聞いてみるが、成瀬先生は無表情のままだ。

「病院内は感染症対策のため、付き添いの泊まりは一切禁止している。それは患者と患者の家族、お互いのためでもあるからな。今日だけは緊急事態だから特別だけど」

「そう、ですよね……」

　やはり無理だった。この病院に勤務しているとはいえ、例外はないのだ。今日は成瀬先生のご厚意により、泊まらせてもらっているけれど……。

　成瀬先生は検査入院をしろと圧力をかけてくるし、逃げられない。しかし、私には壮真を預ける場所もなく、万が一、遠い親戚に相談したところで過労の私には、今後の面倒は見られないと判断されてしまう可能性もある。

「相川は不憫だな」

　ボソッと呟いた成瀬先生は溜め息を吐く。

「あの……、同じ病室が駄目ならば二十四時間体制の保育園に預けるしかないのですが、それでもお迎えが必要です」

何よりも、多額のお金が必要になる。

民間のベビーシッターにお願いするのはいいが、金額が高ければ払えない。

お金の問題は成瀬先生には関係がないので、これ以上は話さないつもりだ。

「そうだな。やはり俺の実家で壮真の面倒を見よう。俺は実家には住んでないが、隙を見て壮真の様子を見に行く。なるべく実家から病院に通うようにするから心配するな」

成瀬先生は勝手に決めて言い切った。

「え、そんなこと……！　駄目です！」

「何が駄目なんだ？」

不思議そうに聞いてくるけれど、同じ職場というだけでしかないのにお世話になれるわけがない。成瀬先生がよくても、ご実家の方が了承するはずがない。

「実家には家政婦もいるので、入院中は保育園に行かずとも大丈夫だ。ベビーシッターもすぐに呼べるから、それなら相川も安心だろう？」

「でも……」

私は躊躇してしまう。何の関係もない成瀬先生のご実家に甘えるわけにはいかないから。

「母は元保育士だから、子どもがいる生活には慣れている。それでもまだ、不安か？」

成瀬先生のお母さんは元保育士だったのか。お母さんに会ったことはないが、とても優しい方なのだろうと想像する。

「不安というわけじゃないんですが……」

「頑固な奴だな。知らない誰かに壮真を預けるよりは、少しでも顔見知りが居る方がいいだろ？」

私の言葉を遮り、成瀬先生は自分の意見を述べる。

「俺は仕事で実家に居ないことが多いかもしれないが、相川の様子は帰宅してから壮真に必ず伝える」

「……でも」

私は踏ん切りがつかずに、言葉を濁し続けてしまう。

成瀬先生にお世話になるとしたら、問題は他にもある。それは、成瀬先生ファンの女性たちに壮真を預けたと知られてしまうとまずいからだ。

私は壮真のこともあり、副業も認めてもらっているので、病院内では悪目立ちしないようにしている。ただでさえ、副業許可へのやっかみが多い中、成瀬先生の問題も浮上するとなると心身共に本当に疲弊してしまいそうだ。

成瀬先生を好きな女性はたくさん居るのだから、たとえ何もなくても疑われることをしたくないのが本音である。

「相川、さっきも話したが、壮真目線で物事を考えてやれ。だから、決まりな」

「え、ちょっと……、困ります！」

自信たっぷりな物言いをする成瀬先生だが、私は受け入れられない。

成瀬先生は言うことを言って病室を出ようとしたが、私の腕には点滴の針が刺さっているので簡単に追いかけることはできない。

「だったら、今回のことは〝貸し〟にしといてやる。だから、素直に俺の指示に従ってくれ」

「……！」

「昼間にまた来る。とりあえず、今日は帰らずに仮眠室で寝ることにする。ふぁぁぁ……、おやすみ」

ひらひらと手を振りながら、出て行ってしまった成瀬先生。

〝貸し〟と言われても、私には返せるものはない。ただ単に、成瀬先生が私を納得させるために言っただけに違いない。

成瀬先生は地位や名誉、容姿、才能、あらゆるものを持っている。私みたいな人から返してもらうものなど、何もないだろう。

「きーちゃ……、ふふっ、おいし」

壮真が簡易ベッドでスヤスヤと眠りながら、寝言を言っていた。壮真の方を見ると幸せそうな顔をして笑っている。

よかった、怖い夢を見ていなくて。

私が急に倒れたので怖い夢を見たら嫌だなと思ったけれど、大丈夫だと確信する。

どう足掻いても病院にいる間は何もできないのだから、大人しく寝ることにしよう。

今まで寝不足だったのが疲労に繋がったのなら、ゆっくり寝ちゃおう。


翌朝、廊下からガラガラという音と足音が聞こえて目が覚めた。

「おはようございます、相川さん。朝ご飯をお持ちしました！」

「あ、ありがとうございます」

私は扉が開いた瞬間に飛び起きて、寝ていないふりをしてしまう。

「あと、こちらはお子様の分ですね。成瀬先生が渡してって言ってたので一緒に運んで来ました」

「ありがとうございます」

朝ご飯を運んで来てくれた配膳係の女性から、小さな袋を渡された。

「おはよう、きーちゃん。どうしたの？」

目を擦りながら、壮真が起きてきた。

「朝ご飯が届いたんだよ」

「わぁ！　保育園のお給食みたいだね」

壮真は朝ご飯を見るなり、目を輝かせている。壮真は保育園の給食が大好きだ。

「そうだね。美味しそうだね」

朝ご飯は鮭の切り身に温野菜、味噌汁にパイナップルというメニュー。テレビが置いてある棚の台を引き出して、トレーにのせた朝ご飯が置かれている。

「あれ？　一つしかないの？」

壮真は一つしかないことに気付いて、ガッカリな顔をしている。

「一つしかないけどね、成瀬先生がおにぎりとヨーグルトとゼリーを買って来てくれたよ。りんごジュースは壮真のかな？」

「わぁい、ありがとう」

壮真に果汁百パーセントのりんごジュースを渡すと、にこにこ笑って喜んでいる。

「壮真、届いた朝ご飯食べていいよ。私はおにぎり食べるね」

「え？　いいの？」

「看護師さんには内緒だよ。ベッドに座って一緒に朝ご飯食べよう」

私はベッドを軽くポンポンと叩いて、壮真に座るよう促す。

「うん！」

壮真は喜びながら、ベッドの上に正座をする。「いただきます」と静かに発してから、朝食を食べ始めた。

私も成瀬先生からの差し入れのおにぎりを食べ始める。

コンビニのおにぎりを久しぶりに食べる。海苔もパリパリで、塩加減がちょうどよくて美味しい。

切り詰めて生活をしていてコンビニに寄るのは控えているので、自分では購入しないのだ。それはスーパーのお惣菜も同じこと。

半額になっているとつい手を出してしまいがちだが、五百円あったら……七百円あったら何が作れるだろう？と考えてしまい、手を出さない。市販のお惣菜もたまには食べたいけれど、半額でも三種類くらい購入すると割高になってしまうからだ。

最近はずっと自分の料理しか食べないから、本当は飽きている。

「きーちゃん、お汁は半分こしようね。おにぎりが喉に詰まっちゃうから」

黙々と食べていた壮真は箸を置いた。

「ありがとう。もう、ごちそうさまなの?」

「うん。ごちそうさまでした! パイナップルも半分こね」

食べ終わった壮真はベッドから下りて、「カーテン開けていい?」と聞いてきたので「いいよ」と答えた。

壮真は私のために味噌汁とカットされたパイナップルを半分残していた。私はありがたくいただいて、自身もごちそうさまをした。


午前中は入院や検査の説明があった。説明を聞いている間、壮真はお利口にしてくれて助かった。

病院内のコンビニに行ってもいいとの許可をもらったので壮真と一緒に行ってみた。

私は左腕に点滴をしたままなので、壮真に助けてもらいながら買うものを物色する。

壮真が退屈しないように、折り紙とノートとペンを何本か購入した。それから、急な入院で洗面用具も下着類も何もない。タオル類と病衣は病院からの貸し出しなので購入の必要はない。しかし、その他の必要不可欠のものは割高だが購入するしかないので、トラベル用の小さい歯磨き粉付きの歯ブラシとショーツ、洗顔料を購入した。

壮真が私が食べた昆布おにぎりをお昼に食べたいと言い出して、それに野菜ジュースも一緒に購入し、レジ袋に入れてもらって病室に戻る。

壮真は早速、折り紙を取り出して遊び始めた。

成瀬先生が再び現れたのは、昼食の時間になる少し前だった。

「体調はどうだ？」

紺のスクラブに身を包んだ成瀬先生は仕事の合間を抜けて来てくれたようで、首元には聴診器がかけられていた。

「お疲れ様です。打ったところは少しだけ痛みを感じますが、元気です」

「それならよかった」

私の話を聞いたすぐあとに壮真にも挨拶をする成瀬先生。

「お姉さんが入院してる間は……」

「お姉さんじゃなくて、きーちゃんだよ。先生も、きーちゃんって呼んだら？」

壮真は、〝お姉さん〟というワードが気になったのか、間髪を入れずにしゃべった。

「そうだな。……でも、大人だから、名字で呼ぼうかな」

「そっか。大人だもんね。いいよ、それでも」

納得した壮真はにこにこしながら、折り紙で折った鶴やペンギンを成瀬先生に自慢するように見せている。

「相川、俺の実家には話をしておいた。ベビーシッターも呼んでくれるそうだから、安心して任せろ」

「……ありがとうございます」

成瀬先生は色々と手配してくれたようで、もう断れない状況になってしまった。大したことはできないが、後ほどお礼はきちんとしよう。

「壮真は、相川が入院してる間は、俺の家で過ごそうな」

私に今後の状況を話したあと、壮真にも伝える成瀬先生。

「え……？　そうなの？　でも、きーちゃんが独りぼっちで泣いちゃうから……」

驚きを隠せない壮真は、少しだけ涙声になる。

「何だ？　本当は壮真が寂しいんじゃないのか？」

「ち、違うよ。きーちゃんが……」

声も震えて、今にも涙が溢れ出しそうな壮真。

「壮真、昨日は特別にオッケーだったけど、病院は一緒に泊まれないんだ。相川が早く元気になって、退院できるように壮真も我慢しような」

「……分かった。きーちゃんが元気になるまで、先生のお家で待ってるね」

壮真は泣かないようにキリッとした顔をした。その後、成瀬先生から壮真に犬アレルギーがないか確認された。壮真は今のところ、アレルギーの種類全般において反応は一切出ていない。

「壮真は犬は好きか？」

「うん。あんまり一緒に遊んだことはないけど……」

たまたま近所の方がワンコと散歩している時に壮真が興味を持って、撫でさせてもらったことがあった。

ワンコではないが、動物園の触れあいコーナーにいる、うさぎやモルモットと遊ぶのが壮真は大好きで、たまにだが連れて行く。

「先生の家にポメラニアンがいるから、遊んであげて」

「うん！　僕と仲良くしてくれたら嬉しいな」

壮真は成瀬先生のお宅のポメラニアンと遊べるのが楽しみのようで、私と離れて暮らすことに不安があって曇りがちだった顔に、大きな笑みが浮かぶ。

「……はい、成瀬です。分かった、すぐ戻る」

成瀬先生の病院用のスマホに着信があり、「壮真、また来るからな。ちょっと待ってて」と言って病室を出て行ってしまった。

「成瀬先生、忙しいね」

成瀬先生がバタバタと病室を出て行ったことを見ていた壮真が、心配そうに呟いた。

成瀬先生は壮真と話す時は穏やかな顔をしているのに、仕事の電話がきた途端に眉間に皺を寄せてキリッとした表情になる。

「そうだね。成瀬先生は、救急車で運ばれて来た患者さんを助けるお仕事をしてるんだよ」

「カッコイイね！　僕も成瀬先生みたいなカッコイイお医者さんになりたいなぁ」

「きっとなれるよ」

壮真にはなりたい職業に就けるように、これから先もサポートしていくつもりだ。

成瀬先生は夕方頃に、仕事の合間にまた顔を出してくれ、成瀬家のお手伝いさんも一緒だった。

成瀬先生は忙しいようですぐに救命センターに戻ってしまったが、病室に残ったお手伝いさんは四十代前半のとても優しそうな人で好印象だ。壮真もすぐに打ち解けて、おしゃべりを始めたので過剰に心配しなくても大丈夫そう。

お手伝いさんは私の事情を成瀬先生から聞いているのか、下着類を購入して来てくれた。

「サイズが分からないのですが痩せ形だとお聞きしたので、普通サイズを購入しました」

カップ付きのキャミソールとショーツが六枚ずつ。それから、洗面用具。私も購入していたのだが、そのことは言わずにありがたく受け取る。

「ありがとうございます。代金をお支払いしますね」

私は咄嗟に財布を取り出して、その中から一万円札を抜き取るとお手伝いさんに渡そうとした。

「代金は必要ありません。結仁さんから受け取るなと言われておりますので」

「え、でもそんなわけには……」

「とにかく、代金を受け取ると私が怒られてしまいます。私は購入して来ただけで、全て結仁さんから承ったものです。お礼なら結仁さんに伝えてくださいね」

近くに身内の居ない私には、その親切が身に染みて嬉しい。両親が亡くなってからというもの、こんなにも優しくされたことなどあまりなくて涙が出そうだ。私は震えた声で、「ありがとうございます」と伝えた。

私は安心して、成瀬家のお手伝いさんに壮真をお願いすることにした。お手伝いさんは壮真の手をそっと握って、「では、お預かりいたしますね。行きましょう、壮真君」と柔らかい微笑みを浮かべて病室から出て行く。壮真もにこにこしている。

病院の正面入り口まで二人を見送りして、また病室に戻る。壮真はお手伝いさんと一緒に成瀬先生の実家に向かった。

二、偽装結婚の申し込み

壮真がお手伝いさんと一緒に成瀬家に行った翌日、病室に成瀬先生が顔を出してくれた。

成瀬先生は紺のスクラブは着ておらず、ジーンズを穿き、黒いコートを羽織っている。これから仕事なのだろうか？

「昨日は帰るつもりだったんだが、連続で泊まりになったんだ。壮真は元気に生活しているから大丈夫そうだ。夜はベビーシッターが寝かしつけをしてくれて二十一時には寝て、今日は六時半に起きて朝食も残さず食べたらしい」

成瀬先生が来てくれたのはちょうど朝食が終わり、食器が回収された時間帯だった。

「お忙しいのにベビーシッターの手配もしていただき、自宅でもお世話になり、ありがとうございます」

成瀬先生がいないとなると、壮真を知らない家で過ごさせるには不安だったが、通常通りに過ごしているようでよかった。

成瀬先生は、壮真のことを第一に考えてくれている。壮真は保育園をお休みして、成瀬家でお手伝いさんとベビーシッターが協力してお世話をしてくれているらしい。

「気にするな。それよりも、入院中は自分のことだけ考えろ。何か困ってることがあれば、俺に言ってくれ」

「……はい、ありがとうございます」

心配してくれるのはありがたいのだけれども、たとえ困ったことがあったとしても成瀬先生にはお願いできない。

仕事がただでさえ忙しいのに、これ以上の迷惑はかけられない。それに成瀬先生は全身イケメンな方で、総合病院の跡取り息子。仕事もできて、人気がある。そんな方に近寄っているとバレれば、私はこの病院に居づらくなる。だから、もう……私のことは放っておいてほしい。

「入院期間中にお世話になったこと、壮真がお世話になったことのお礼はきっちりしますので。どうか、平和に過ごさせて……。

「そうだ、これを見てくれ」

成瀬先生は自分の持ち物らしいスマホの画面を私に向けてきた。

「実家の犬と壮真だ。壮真はすぐに仲良くなったみたいだ」

画面には、白くてふわふわのポメラニアンを抱っこしている壮真の姿が写っている。

「可愛いワンちゃんですね。名前は何ていうんですか？」

私は心の中が温かくなり画像を見ながら、ふふっと笑った。

「犬の名前は、〝おもち〟だ。白くてまん丸だと、もちみたいだからな」

「そうなんですね。可愛い！」

確かに角度によっては、おもちに見えなくもない。誰が名付けたのだろうか？　もしかして成瀬先生？

「名付けたのは俺じゃない。母親だ」

「え？　あ、そうですか……」

疑問には思ったが、聞けずにいたことを真っ先に答えられて驚きを隠せない。

「顔に書いてあったぞ。俺が名付けたと思ったんだろ？」

成瀬先生は意地悪そうにクスクスと笑っている。私は自分の心を見透かされたようで恥ずかしくなり、頬が熱くなった。

「今日はこのまま一旦帰って、夕方にまた来る」

だから、私服を着ているのか。

「相川は自宅からスマホは持って来たか？」

「えと、バッグの中に……。でも充電切れです」

壮真がバッグの中にスマホも入れてくれたのだが、充電器を持って来ていなかった。保育園にだけは連絡して、その後に充電切れになっていた。

働いているのも入院先の病院で連絡は回っているし、他は特に連絡をする場所がないのでスマホがなくても大丈夫だと思っていた。

「じゃあ……、充電器使う？」

私のスマホの種類を確認した成瀬先生は背負っている黒いリュックを下ろして、充電器を取り出して渡してくれた。

「え、でも成瀬先生が使えなくなっちゃうんじゃ……」

「予備だから大丈夫だ。とりあえず使って」

「すみません、ありがとうございます」

誰からも連絡なんてこないだろうけれど、充電ができるのはありがたい。

「それから、番号教えてくれないか。仕事で病室に顔を出せない日もあるから、壮真の様子の連絡用に……」

「わ、分かりました」

成瀬先生を気に入っている病院内の女性から妬まれてしまうので、スマホでプライベートなことをやり取りするのは避けたいところだが、壮真のことだから仕方ないよね。やましい気持ちもないし、割り切っている関係だから、連絡先を交換したとしても壮真関係以外の連絡はしない。

スマホのバッテリー充電が切れていて、今すぐには画面に電話番号を表示できないことに気付いた。自分の番号を伝えたくても電話番号を書く用紙がなかった。

「あ、待って。壮真からもらった折り紙に番号書いとくから、充電できたら連絡もらえるか？」

口頭で電話番号を伝えようかと思った時、成瀬先生がそう提案する。

「はい、ありがとうございます」

成瀬先生はポケットの中から、壮真が折ったペンギンの折り紙を取り出してプライベートのスマホの番号を書いて渡してくれた。

「充電できたら、すぐ連絡しますね」

「あぁ、待ってる。さて、壮真に会いに行ってくる」

「壮真のこと、よろしくお願いします」

「あぁ、任せとけ」

成瀬先生は私に背中を向けると、ゆっくりと病室の扉をスライドさせて去って行った。

退院したらお礼をしに成瀬家に伺いたい。決して、成瀬先生とお近付きになりたいとかいうことではなく、純粋にご家族とお手伝いさんにもお礼がしたいから。

壮真を連れてお菓子屋さんに行って、手土産を購入しよう。たまには、壮真にもお菓子屋さんの美味しいものを食べさせてあげたいな。私はそんなことを考えながら、身支度をしに洗面所に行くのでベッドを下りた。

洗面所から戻って来た私は、少しだけ充電できたスマホの電源を入れて、早速、成瀬先生に連絡を入れる。

『成瀬先生へ。相川です。番号は＊＊＊－＊＊＊＊－＊＊＊＊です』とショートメールから送信をしてみた。すると三十分後くらいに返事がきて、今後はメッセージアプリでやり取りをすることになった。

成瀬先生は壮真の写真や動画をたくさん送ってくれた。私の心がほっこりと温かくなる。壮真とおもちちゃんのツーショットがとても可愛くて、動画を何度も再生してしまう。

成瀬先生は疲れているだろうに、定期的に壮真関連のメッセージも送ってくれる。マメなのは医師だからなのか、人間性か。どちらにしても、成瀬先生はとても良い人なのだ。

お礼のメッセージと共に、『スマホでやり取りができるようになったので、病院では私のことはお構いなく』と送信した。

成瀬先生は休む暇もなく動き回っているので、壮真の報告で私の病室に来るよりも休んでほしい。そう願いを込めて送信した。

すると……『相川も大事な患者だから、壮真のこと以外にも行ける時に様子を見に行く』と返ってきたので、私は驚きを隠せなくなる。

成瀬先生は自分が担当した患者を普段から見回っているのかもしれない。救急外来の集中治療室(ICU)から一般病棟に移って担当の医師が変更になったとしても、様子を見に行くのだろう。

まぁ、患者として見てくれる分にはいいか。成瀬先生は私じゃなくても、そうしているわけだから——。

入院三日目のこと、体調も落ち着いていて食事もしっかりとれているので、左腕に刺していた点滴の針を抜くことになった。

「相川さん、明日の朝イチで精密検査をすることになったからね」

「はい、分かりました。よろしくお願いします」

病室で点滴の針を抜きながら、五十代に見える女性のベテラン看護師が精密検査の日程を教えてくれた。翌朝の九時から、脳のＭＲＩ検査をするらしい。

「ＭＲＩは初めて？」

「はい、初めてです」

「病院のコンビニに耳栓が売ってるから購入しとくといいわよ。五十円くらいだから。音うるさくて嫌になるからね～」

ベテラン看護師は病院内で見かけたことはあるが、話すのは初めてである。気さくに話をしてくれる方だ。

「率直に聞くけどさ、相川さんは成瀬先生の何番目の彼女？」

「え？　何番目？」

突然そんなことを聞かれたことにも驚いたが、〝何番目〟とは一体どういうことなのだろうか？

「成瀬先生が相川さんの病室に何度も出入りしてたって聞いたし、彼女なんでしょ？」

見られていたのか。成瀬先生ならば、もっと人の目を避けて上手くやってくれると思っていたのにな。残念だ。

「違います！　彼女ではありません」

「じゃあ、どういう関係？」

気さくに話しかけてくれていると思っていたのが一転して、ベテラン看護師はズカズカとプライベートに踏み込んでくる。

「成瀬先生には今回のことと、私の両親が事故にあって病院に運ばれた時に救急外来でお世話になったんです。それだけの関係で、やましいことはありません」

両親が亡くなったことは知っている人もいるわけだし、壮真のことも特別話さないでいいよね？　大事になっても困るから。

「あら、そうだったの。てっきり彼女かと思って勘違いしちゃってごめんなさいね」

点滴の針を抜く処置が終わり、片付けをしているベテラン看護師は軽い感じで謝ってきた。

「実はね、成瀬先生って彼女が何人も居るって噂があるの。それで、相川さんの病室に何度も何度も出入りしてるから気になってたのよ～」

成瀬先生は〝何度も何度も〟と言われるほど、たくさんは病室に来ていない。入院した日、翌日の夕方、翌々日の夕方の三回である。

担当した患者の病室に三回くらい、医師が出入りしても何ら不審ではないと私は思う。けれども、人気のある成瀬先生だから、その三回を複数人が見かけたならば、〝何度も何度も〟になるかもしれない。

「成瀬先生って甘い感じはしないけど、ほら全身イケメンみたいな人じゃない。女性を取っ替え引っ替えしてるとか、何人もの彼女が居るらしいのよ」

「……そうなんですね」

できれば、良くない噂は聞きたくなかったな。それが成瀬先生ではなくとも、良くない噂は好きじゃない。私には関係のないことでもストレスを感じてしまうんだよね。

成瀬先生は家柄以外にも、ベテラン看護師が言うように全身イケメンで仕事もできるから、女性がたくさん寄って来そうなのはある。

女性を取っ替え引っ替えしたり、彼女が何人居ようと私には関係がない。

「小児科の若い看護師でしょ、内科のドクターでしょ、事務員にも居たかしら？　とにかく、お相手の噂はたくさんあるのよ～」

私は、ベテラン看護師の話を他人事として聞いていた。

成瀬先生は医師として私と壮真のことを気にしてくれているだけで、他には何もない。慈悲深いというか、もしくは貧乏で可哀想な人だと思われているのかもしれない。

「成瀬先生は、この病院の跡取り息子だから、ちゃんとしたお嫁さんが来るまで遊んじゃうのは分かるわ～。結婚したら、逃げ場がないものね」

聞いてもいないことをベラベラと話し出すベテラン看護師。早く病室から出てくれないかな？と私は思っている。

「そういえば、彼女と噂されてる子たちは、みんな派手な感じがするわ。相川さんは大人しめで地味な感じだけど、派手系に飽きたら、癒やされるタイプを好むようになるのかもしれないよね！」

ちょっと待って！

大人しめで地味なことは私自身も分かっている。だけど、全くそんなことはないから。先ほど、勘違いしてごめんと謝ってきたはずなのに、まだ疑われているのかな？

「私、本当に彼女とかじゃないですからね。絶対に……！」

思わず、少し強めな口調で反論してしまった。

「うん。そこまで言うなら違うのね、分かった」

ベテラン看護師は納得したようで、にこっと笑っている。私も彼女がやっと納得してくれて、胸を撫で下ろした。

「話は変わるけど……、相川さん。細すぎるからちゃんと食べなさいよ。食べないと力も出ないからね」

「ちゃんと食べてるつもりでしたが……」

病院食も毎食残さず、きっちりいただいている。

「野菜だけじゃなくて肉も食べなさい。あと食べすぎなきゃ甘いものも食べていいの。心の栄養も必要だからね」

「はい」

食費の節約をしていて、壮真の分以外の甘いものは必然的に買わなくなった。

〝心の栄養〟か……。

甘いものを食べたい時もあるけれど、そんな時はいつもインスタントコーヒーや紅茶に砂糖をたっぷり入れて我慢していた。あとは壮真が分けてくれたチョコレート一粒とか。

たまには自分に美味しいスイーツをご褒美としてもいいのだろうか？

「興味本位で成瀬先生のことを聞いちゃってごめんなさいね。長年、ここで働いてるじゃない？　そうなると病院長や奥様ともお話しする機会があるのよ。息子がまだ結婚しないの～って嘆いてたわ」

ベテラン看護師は処置が終わったのにもかかわらず、まだ話し続けている。

「そのうち、お見合いでも……って思ってるみたいだけどね。本命の彼女と結婚か、お見合いか……」

成瀬総合病院を背負っていく成瀬先生だもの。お見合いをするにしても、家柄が良くて素敵な人に違いない。あとは成瀬先生が本命の彼女を選ぶのか、お見合いをすることを選ぶのか……。

私は成瀬先生の本命の彼女には興味がないのだけれど、そんな方が居るなら、ご両親に紹介すればいいのに。そうしないということは、結婚自体をしたくないのかな？

「あら、大変！　長居しすぎちゃったわ。相川さん、点滴は取れたけど安静は大切よ。じゃあね」

壁掛けの時計を見たベテラン看護師が慌てている。来てから、かれこれ三十分は経過したはずだ。

居なくなったあとは、台風が過ぎ去ったあとみたいに静けさが戻った。

＊＊＊

相川の入院から五日目。

時刻は二十時半過ぎ。

急患の病状も落ち着いているので、壮真の様子を見に実家に帰って来た。

玄関のチャイムを鳴らしてから、解錠をした。そして、ゆっくりと玄関のドアを開けると、奥から駆け寄って来る足音とポメラニアンのおもちの鳴き声が聞こえてくる。

「おかえりなさい、成瀬先生！」

「おかえりなさいませ、結仁さん」

仕事から帰宅した俺を出迎えてくれたのは、壮真と家政婦の吉田(よしだ)さんとおもちだった。

「おもちちゃん、家の中で僕の後ろをついて来るんだよ」

「そうなのか。壮真はおもちに気に入られてるんだな」

おもちは壮真にすっかり懐いたみたいで、どこへ行くにもついて来るらしい。

「あのね、今日、おもちちゃんとおじいちゃんと一緒にお散歩に行ったよ。おもちちゃんの歩き方って、ちょこちょこってしてて可愛いよね」

「うん、そうだな」

おもちを抱っこした壮真の頭をぐりぐりと撫でる。

壮真とおもちのペアは、ずっと前から一緒に居る兄弟みたいに仲が良い。

「成瀬先生、きーちゃんは元気になった？」

「元気になってきたよ。もう少しで退院できるから、壮真も元気いっぱいで待っててような」

壮真が心配そうに相川のことを訊ねてきた。

相川も常に壮真のことを気にかけていて、本当の親子みたいに絆が強いと感じている。

「きーちゃんが退院したら、おもちちゃんに会わせてあげたい。おもちちゃんは可愛いから、きーちゃんもすぐ好きになっちゃうよ」

「おもちも喜ぶよ。退院したら、必ずおもちに会わせるって約束する」

「うんっ！　約束ね。ゆびきりげんまん、しよっ。保育園の先生に教えてもらったんだよ」

壮真は、抱っこしていたおもちを床に下ろす。

微笑みながら、壮真は俺の目の前に右手の小指を立てて見せてきたので、自分の小指を絡ませる。

「ゆびきりーげんーまん、嘘ついたらー、……成瀬先生、何にする？」

壮真が元気よく歌い出したと思ったら、途中でやめた。

通常ならば、〝針千本のます〟だけれども……。

「そうだなぁ？　壮真は何がいい？」

「保育園の先生はね、約束する二人で決めてねって言ってたの」

もしかすると、保育園で友達同士が喧嘩をして仲直りする時や決まりを守ってほしい時に、先生が教えたのだろうか。だとすると、針千本みたいに辛い印象を与えるものじゃなくていい。

「僕ね、成瀬先生に、お腹とか足の裏とか、こちょこちょするー！」

「分かった。それにしよう」

万が一、約束を守れない時の罰が可愛いものでよかった。

「もう一回、初めからね。ゆびきりーげんまんっ、嘘ついたら、成瀬先生にこちょこちょするー！」

壮真は楽しそうに歌い出して、彼の周りをおもちが行ったり来たりしている。

「僕が悪いことすると、きーちゃんにこちょこちょされるから、成瀬先生にも、こちょこちょするね」

「うん、こちょこちょされないように約束は守るから。壮真はどんな悪いことをして、こちょこちょされたの？」

普段からお利口そうな壮真でも、悪いことなんてするのか興味が湧いて聞いてみたくなった。

「僕ね、ピーマンがどうしても食べられないの。苦いもん。わざと床に落として食べられなくしたら、きーちゃんにくすぐりの刑にされたの。あとね、歯磨きしてないのにしたよって言った時もね」

壮真も四歳の男の子だから、そんなこともするんだな。同じ年代の子よりも、しっかりしている印象だが、子どもらしい一面もあってホッとする。

相川は頭ごなしに怒ったりしないみたいだし、壮真とは良好な関係を築いているようだ。

「嫌いだからってピーマンを床に落とすのは良くないよな。そういう時は、落とさないでお皿の端に寄せとくといいよ」

「うん、きーちゃんにも同じこと言われたよ。きーちゃんが食べるから、落とさないでねって。落としたら、ピーマンが悲しいよって」

相川も同じように言っていたのか。

「そうだな。ピーマンのお化けも出るかもしれないから気をつけないとな！」

「うん、お化け怖いもん！」

家政婦の吉田さんはにこにこしながら俺たちの会話を聞いていたが、「身体が冷えますので、そろそろ部屋の中に入りましょうか」と促してきた。

俺たちはリビングの中に入り、暖を取る。

壮真とおもちは一緒に行動していて、ソファーに座っていた。


「あら、結仁。おかえりなさい！」

「ただいま」

俺が用意してもらった夕食を食べていると、風呂上がりの母がリビングに顔を出した。

「今日は壮真君と一緒にパズルをしたり、折り紙を折ったのよ。あとは数字のお勉強も少しだけ。壮真君とたくさん遊べて、私も楽しかったわ」

「ありがとう、助かる」

母もリビングにある、ダイニングテーブルの椅子に腰かけた。

「相川さんって、ご両親が居なくて一人で頑張ってるのね。偉いわね」

「そうだな。壮真も素直ないい子で、いい家族だな」

両親には、相川のご両親が事故で亡くなったことは話してあるが、壮真が彼女の妹の子どもだということはまだ話してはいない。このことは相川に確認を取ってから話すべきだと思っている。

その他、両親にはまだ話せていないことが二つある。

一つは、俺が相川を気になり始めているということ。

病院内ではあまり見かけることはないが、あることがきっかけで、つい姿を捜してしまうようになった。

病院に着いた時にはご両親は手遅れだったのだが、その時の相川の泣き顔が忘れられない。

相川は色白で、綺麗な顔立ちをしている。

ご両親が事故にあうまでは接点もなかった彼女だったが、大粒の涙が零れ落ちる顔に幸薄さを感じてしまった。

その後、病院内で見かける度に暗い表情を浮かべていた彼女を笑顔にしてあげたいと思ったのは、紛れもない事実だ。そう思ったことが恋の入り口なのかどうかは分からないけれど……、今はただ、相川と壮真の二人を見守っていきたい。

「あとで、お父さんからも話があると思うけど……」

家政婦の吉田さんが淹れてくれた紅茶を飲みながら、母は言葉を濁す。何だか嫌な予感がする。

「結仁にお見合いの話があるの。お父さんから聞くまでは知らないふりをしててほしい」

「え?」

「ほら、結仁が以前お世話になっていた病院の外科部長の……娘さんの名前は何てい ったかしら? まぁ、その娘さんらしいんだけどね。どうかな?って聞かれたみたいなの」

お世話になった病院とは、研修医の間に在籍していた大学病院のことだ。

「いや、今はお見合いしてる場合じゃない。人員も揃ってきて、やっと成瀬総合病院の救命センターの体制が落ち着いてきたのに、浮かれてもいられない」

その大学病院には、一番お世話になった脳外科医の月見里(やまなし)教授が居た。

俺は研修医のあと、二年は神の手と呼ばれるほどの外科医療の腕を持つ月見里教授の下でお世話になっていた。その後、彼がアメリカの病院に橋渡ししてくれて、単身で渡米した。

帰国してから成瀬総合病院に入り、数年は脳外科医として働いていた。しかし、救命医療の現場は人員不足でベテランが忙しすぎて満足な指導を受けられず、新人が育たない環境だった。当病院の救急医療が機能していないことを知り、救急医に志願したのだ。

お見合いをしたくない理由は、相川が気になり始めていることもあるが……。

「そうなの？　お母さんは病院のことは分からないから。結仁もそろそろ結婚してもいい年齢だし、もし、お付き合いしてる方が居るなら早めに紹介してほしいわ。あとね、その外科部長は月見里教授の下で働いていた方らしいの」

母は、ペラペラと話し出す。

「今までもたくさんの見合い話がきてたのよ。断るのが大変なくらいに。だからね、今回、お付き合いをしている方を連れて来られないならば、必ずお見合いしてもらいますよ。お父さんの顔も立てないと……」

「……分かった」

この時は、一言しか返さなかった。

俺には交際している女性など居ないので、今後どうしたらいいだろうか。

父がお見合いの話を進めてしまわないように、阻止したい。

「お母さんだって、壮真君みたいな可愛い孫の顔が早く見たいのよ。それだけは、心の片隅に置いといてね」

母は小さな溜め息を吐いてから、壮真に寝る前の歯磨きをさせに行った。

実は、相川が神の手と呼ばれている月見里教授の娘かもしれないのだが、確実ではない。両親には、壮真のことや、そのことを順を追って話をしたいと思う。このことが二つ目のことである。

月見里教授に頼まれて相川のことを調べているうちに、少しずつ恋心が芽生えている気がしている。

家政婦の吉田さんは壮真がいる間は残業してもらっているが、二十一時を過ぎたので帰宅した。

俺はリビングに一人になり、相川にメッセージを送る。

『壮真は今日もお利口で、数字の勉強と折り紙をしたそうだ』と入力して、おもちと一緒の写真も添えた。

相川から、『ありがとうございます。壮真はとても楽しそうですね』とすぐに返ってきた。このやり取りが、最近は忙しい一日の癒やしになっている。

俺は壮真のことも可愛いと思っているし、相川のことも気になっている。ならば、いっそ、このまま……相川に交際を申し込むのはどうだろうか？　そんなことを考えながら、食べ終わった食器をキッチンまで運んだ。

＊＊＊

精密検査では何も問題なく、私は一週間の静養を終えて退院した。貧血検査だけは引っかかってしまい、鉄剤が処方された。

入院期間中、成瀬先生は隙を見ては実家に帰って壮真の様子を見てくれたようで、私の病室までその時の様子を伝えに来てくれた。

成瀬先生は夜勤もあるので、毎日は実家には泊まれない。しかし泊まった時には、壮真と一緒のベッドに入って寝てくれたらしい。

成瀬先生が居ない時は、ご両親やお手伝いさんが、壮真が寝るまで一緒にベッド横で見守ってくれたそうだ。

壮真は絵本が大好きなので読み聞かせをしてもらったり、自分でゆっくりと声に出して絵本を読んでいたと聞いている。

成瀬先生は壮真と二人で自撮りしたり、壮真の生活風景などを撮影して、入院中の私に送信してくれた。

成瀬先生のご両親やお手伝いさんと、にこにこの笑顔で写っている壮真の写真もあり、壮真を大切に思いながら接してくれたことに感謝している。

世の中には、赤の他人にもかかわらずに親切にしてくれる人が居ることが嬉しい。

自宅に戻った私は、手土産に有名な和洋菓子店で菓子折りを購入して、壮真と一緒に成瀬先生のご両親の元にお礼をしに行った。週末なのでご在宅かと思ったが、お忙しいようで不在だった。

玄関先で出迎えてくれたお手伝いさんが壮真を見つけ、とても喜んでくれて、壮真も嬉しそうにはしゃぐ。

私は不在だった時のためにお礼の手紙を書いていたので、菓子折りと一緒にお手伝いさんに託した。

病院内では病院長とは直接会えないので、また改めて伺おうと思っている。

壮真が成瀬先生を気に入り、成瀬先生も時間を見つけては、わざわざ私たちの住むアパートまで壮真に会いに来てくれるようになった。

何故、そこまでしてくれるかは正直分からない。成瀬先生が壮真のことを可愛がってくれているから？

私は女性問題の噂などを気にせず、成瀬先生の優しさに次第に心を開いてしまっている。成瀬先生が壮真に会いに来てくれたところを誰かに見られたりして、変に噂になったりしないように、本当は距離を置かなきゃいけないのに――。

三月下旬、都内では桜が咲き始めた頃だ。暖かい日が続き、例年通りの開花になった。

「きーちゃん、成瀬先生が来たよ！」

夜七時過ぎに玄関のチャイムが鳴ると、壮真はすぐさま駆け出した。

「え、ちょっと……！　違うかもしれないんだから、勝手に開けちゃ駄目だよ！」

私が止めるのも聞かずに壮真はドアを開けてしまったのだが、目の前に現れたのは成瀬先生だった。

「壮真、お土産買って来たぞ」

「わぁーい、ありがとう！」

成瀬先生は壮真に対して親切だが、甘やかしている気がする。壮真はお土産のコンビニスイーツを受け取ると上機嫌で跳びはねている。

「壮真、ぴょんぴょんしないの！」

私はアパートの一階の住人に音が響くと思い、壮真が跳びはねるのを抱っこして止めた。

「本当は洋菓子店のケーキでも買えたらよかったんだが、時間的に無理だった。相川の分もあるから食べろ」

成瀬先生は薄手のコートを脱ぎ、玄関先にあるハンガーに勝手にかけ始めた。

「あ、あの……！」

仕事から早く帰宅できる日はほとんど、成瀬先生は私の住んでいるアパートに寄って行く。そして時々、壮真にお土産を持って来てくれるのだ。

「何だ？」

「壮真を甘やかすのはやめてください！　それに、甘いものばかりだと虫歯にもなります」

成瀬先生が来る度にお土産を持って来てくれるのでは？と壮真が期待しても困る。

「虫歯にならないように歯をきちんと磨く、と壮真と約束している」

「そうなんですね」

「寝る直前に食べるのは良くないからな。医学的には寝る二時間前には食べない方がいいらしい」

夜八時過ぎにアパートに寄る時もあるが、確かにその時には手土産はない。

成瀬先生はそんなことを言いながら、「先生は夕飯食べるから、壮真も一緒にデザート食べよう」と壮真に声をかけてからキッチンにある椅子に座った。

夕方から夜に顔を出しに来る時は、必ずといっていいほどご飯を食べてから帰る。

うちは貧乏なので大したおかずなどないのだが、それでも嬉しそうに食べてくれる。

早上がりの時は肉屋さんで牛肉を買って来てくれたり、刺身の盛り合わせの時もある。私が普段購入しないと分かっていての優しさなのかどうかは分からないが、壮真は喜んでごちそうになってしまう。

「今日は肉じゃがとほうれん草の胡麻和えか。美味しそうだな。いただきます」

肉じゃがといえども、豚肉はあんまり入ってはいない。価格の安い糸こんにゃくが多めに入っていて、お口に合うかどうか。

「僕、人参も玉ねぎも大きくてゴロゴロしてても全部食べられるんだよ。すごいでしょ！」

「おー、すごいな、壮真！　何でも食べて偉いぞ」

生クリームが乗っているプリンを食べている壮真の頭をぐりぐりと撫でている成瀬先生は、まるで父親みたいだ。壮真はもしかしたら、記憶の片隅にあるかないかの父親像を成瀬先生に重ねているのかもしれない。

「きーちゃんもプリン食べようよ。美味しいよ」

流し台で後片付けをしている私を、壮真が手招きする。

「そうだ、甘いものを食べてもう少し太った方がいい。痩せすぎてるからな」

私自身は痩せているだなんて思っていない。けれど、過労で倒れてからは壮真と一緒にしっかりとご飯を食べることにしたし、栄養のバランスにも気をつけている。倒れたのも原因ではあるが、成瀬先生がご飯を食べに寄るというのも一理あるのだけれど。

「肉じゃがも美味しいけど、豚汁も美味い！　壮真は幸せだな、美味しいものを毎日食べられて」

「そうだね。先生が来る時は、いつもおかずがたくさんあるんだよ」

たくさんというほどではないと思うが、成瀬先生が自宅に寄ると事前に連絡をくれた時は、お肉を多めにしたり、品数を増やしている。

今日は豚汁の方に豚肉が多めになってしまった。肉じゃがに豚肉をたくさん入れればよかったのに、先に豚汁を作ったせいで配分がおかしい。まだまだ料理上手とは言えない。

成瀬先生を餌付けしようなどとは思っていないが、いつも私たちを気にかけてくれているお礼のつもりだ。決して、成瀬先生に恋愛感情を抱いているとかではない。けれども、成瀬先生が来る日は、できる範囲内で頑張ってしまうのは何故だろう？　恋心とかではなく、入院期間中のお礼かなと自分では思っている。

「相川、俺に気を使わずにいつも通りの食事でいいぞ」

成瀬先生は表情を一切変えずに私の方を見ながら呟いた。

「気は使ってませんよ。ただ、病院にいる時の食事は簡単なものしかとれてなさそうだから……」

「確かにそうだな。ありがとう」

成瀬先生との会話は常に淡々としている。お礼を言っても、彼は笑わない。

「先生、お風呂入ってく？」

「こらっ、壮真！　無理なこと言わないの！」

プリンを食べ終わった壮真は自分で片付けをしてから成瀬先生の傍に行き、抱っこをせがんでいる。成瀬先生はヒョイッと壮真を抱き上げて、膝の上に乗せた。

「よしっ、一緒に入るか！」

「入ろぉー！」

え？　ちょっと待って。何かがおかしい。お風呂に入るって何？

「な、成瀬先生？　ここで、お風呂に入るんですか？」

私は慌てながら訊ねる。

「そのままの意味だが？」

飄々とした言い方をした成瀬先生は、お風呂に入って行く気満々らしい。壮真も抱っこされながら、にこにこしている。

お風呂は掃除してあるつもりだけれど、大丈夫かな？

それに成瀬先生が普段入っているお風呂よりも絶対に狭いと思うし、やはり止めた方がよさそうだ。

お風呂を貸す相手が成瀬先生だからか、気になってしまう。

「狭いし、追い焚きとかないので……入ってる途中で温くなったりしますよ？　いいんですか？」

「そんなの構わない。気にするな」

安い賃貸アパートにお風呂がついているだけマシかもしれないが、成瀬総合病院の跡取り息子の成瀬先生が入っていいお風呂ではない。安アパートに来ていること自体、不釣り合いなのに。

「僕がタオル出して来るね」

壮真は成瀬先生の手元からピョンッと飛び降りて、フェイスタオルとバスタオルを取り出して来る。

「成瀬先生、恐竜さんと新幹線のタオル、どっちが好き？」

「恐竜にしようかな」

「じゃあ、僕が新幹線使うね」

私が止めたのにもかかわらず、二人は聞く耳を持たずにお風呂に入る準備をしている。

「まだお風呂の準備をしてないので、少しお待ちください」

仕方なく浴室に行き、浴槽にお湯を溜めていく。こんな貧相なお風呂だから、絶対に笑われるはずだ。私は溜め息を吐きながら、お湯の温度を調節する。

プロパンガスの古い給湯器のせいか、適温で入れると温い時がある。そのため、温度を少し高めにして水で調節するしかないのだ。

「成瀬先生、お泊まりもしてく？」

「こらっ、壮真！　無理言わないの！」

壮真は成瀬先生が大好きで泊まって行くように促しているが、それは絶対に駄目！

「明日も仕事だから、それは無理なんだ。ごめんな。お風呂入って、たくさん話をしよう」

成瀬先生はちらりとこちらを見てから、壮真に話をした。

「そっか！　お仕事なら仕方ないね。早くお風呂に入りたいー！」

壮真は、きゃっきゃっと一人で騒いで浮かれている。よほど、成瀬先生とお風呂に入ることが楽しみらしい。いつもは私と入っているので、たまには男同士で入りたいのかな。

初めは駄目だと拒否をしたけれど、壮真が喜ぶならよしとしよう。

浴槽にお湯が溜まり、二人は仲良くお風呂に入っている。私はその間に成瀬先生が使用した食器を片付けてから、明日の保育園の準備をする。

歯磨き用のコップも洗ったし、紐付きタオルも入れたし、連絡帳も書いた。

成瀬先生から副業を禁止されてからは、時間に余裕ができた。

在宅ワークの副業は納期も厳しく、ノルマをこなさないと稼ぎに繋がらない。そのため、成瀬先生からは『身体に負担がかかる在宅ワークは一旦辞めて、他の方法を考えるのも大切だ』と言われ、私がまた倒れてしまっては壮真にも負担がかかることを理解した。その他の方法は、まだ見つかってはいない。

生活は予想通りに苦しくて、入院費は医療保険で賄い、生活費は貯金を切り崩して捻出した。

自分のためではなく、壮真のために。成瀬先生のおかずは私たちのついでだから、少しだけ食費が上がったかなくらい。

壮真には衣食住でひもじい思いはさせたくないし、成瀬先生がデザートを購入してくれたりするから、以前よりももっと幸せだよね。

「壮真は英語もできるんだな。偉いぞ」

「また動物クイズやろうね」

「今度は食べ物もやろう」

「うん、やろー！」

二人がお風呂から上がって来ると、何やら話し込んでいる。二人ともお揃いみたいにフェイスタオルを肩にかけて、私には入り込めないくらいに仲が良い。

「きーちゃん、成瀬先生とね、英語でクイズしたんだよ。すごいでしょー！」

壮真は興奮気味で私の元へと駆け寄って来る。濡れている髪の雫が、私の頬に飛んできた。

「うん、すごいね。よかったね」

私は返事をしながら、近付いて来た壮真の髪の毛を拭く。わしゃわしゃと髪をフェイスタオルで拭かれている壮真は、無言だった。

「きーちゃん、もっと優しく拭いて。髪の毛なくなっちゃうー」

「分かったよ」

私たちのやり取りを聞いている成瀬先生は、クスクスと笑っている。壮真の髪は成瀬先生が乾かしてくれた。

その後、壮真が寝るまで一緒に居てほしいと、成瀬先生にわがままを言う。成瀬先生が、「分かった。今日だけだぞ」と答えると壮真は大喜びして、私に布団を敷くようにせがんだ。

アパートはキッチンの他には一部屋しかないので、テーブルを端に寄せて布団を敷く。私は成瀬先生が寝かしつけてくれている間に、明日の朝ご飯用の米を研いだりした。

「あれ……？　寝てる？」

キッチンでの作業が終わり、布団を見ると成瀬先生も一緒に寝てしまっている。

どうしよう？　疲れているだろうから起こすのも可哀想だけれど……。

この状況、一体どうしたらいいのだろうか？

成瀬先生はすぐ起きるかもしれないからお風呂にも入れない。そして、いつもは壮真と一枚の布団で一緒に寝ていたから私の寝る場所がない……！

様子を見るしかないか。

そうだ、成瀬先生からいただいたプリンを食べようかな。食べている間に起きるかもしれないから。

私は冷蔵庫からプリンを取り出して、キッチンで立ちながら食べている。

生クリームがプリンの上に乗っていて美味しい。甘いものを食べると幸せになれる気がする。

「いだっ」

私がプリンを食べ終わって冷たいお茶を飲んでいると、成瀬先生の声が聞こえた。

こっそり様子を見に行くと寝返りをした成瀬先生が、テーブルの脚に頭をぶつけたらしい。

「もう、十時か……」

頭を擦りながら、成瀬先生は壁掛けの時計を見た。寝ていた時間は僅か二十分くらいだったかもしれないが、成瀬先生は眠気が少しはマシになったみたいだ。

「水をください」

「分かりました。すぐ持って行きます」

私はペットボトルの水をグラスに注いで、成瀬先生に手渡す。

「ありがとう。少しだけ相川に話があるんだ。壮真が起きるといけないから、キッチンに移動しようか」

「……はい」

私に話とは何だろう？

私たちはキッチンにある椅子に座って話をする。

「実は見合いの話があって、うんざりしていたんだ。君たちの生活の面倒は見てやるから、俺の話に手を貸さないか？」

成瀬先生は真剣な顔付きをして私に問いかけてくるが、何の話かさっぱり分からない。

「それは一体どういう……」

お見合いの話は理解できたとして、生活の面倒は見ると言っている。何故？

「単刀直入に言うが、偽装結婚をしてくれないか？」

「え？　今のは聞き間違えですよね？　もう一度話してもらえますか？」

絶対に聞き間違えだと思う。偽装だとしても、結婚なんて有り得ない！

「あぁ。形だけでもいいから、俺と結婚してくれないか」

やはり、聞き間違えじゃなかったみたいだ。私は動揺して、目が泳ぎ出す。

「あ、えと……む、無理です……！　絶対に！」

「好きな奴とか、付き合ってる奴とか居るからか？」

断じて違う。好きな人も交際している男性も居ない。

違うけれども……、間違っても成瀬先生との結婚はない。

「い、居ませんけど、け、結婚は……」

頭の中が混乱している。

心拍数が上がり、ドキドキしてしまう。

偽装結婚だとしても、他にもいいお相手がたくさん居るでしょう？　ほら、噂の方々とか。

「俺のことが男として、嫌いなのか」

違う。決してそうではない。

「ち、違います！」

「じゃあ、何故だ？」

「何故って……」

この際、はっきり言おう。そうしないといつまでも押し問答のままだ。

「成瀬先生は大病院の跡取りです。なので、偽装結婚だとしても私はお受けできません。もっと相応しいお相手が居るはずです」

「跡取りとかどうだっていい。頼める相手が居ないから、相川に頼んでいるんだ」

そんなことを言われても困る。

「君は生活の心配をしなくてもいい。俺はお見合いを受けなくても済むし、お互いに悪い話じゃないだろう？」

成瀬先生は整った綺麗な顔でニヤッと笑った。

「俺は、両親から勧められる見合い話にうんざりしている。相手が誰だろうと受ける気はない」

「……でも」

成瀬先生がお見合いにうんざりしてようと、私には関係のない話だと思う。それなのに、お見合いを強いられている成瀬先生がちょっと可哀想にも思えてきた。

「今すぐに結婚はしてもしなくてもいい。とりあえず、両親を安心させるために交際相手として紹介したいんだ」

　形だけなら、いいのかな。

「その対価として、絶対に生活は保障する。君も仕事を辞めたければ辞めればいいし、短時間にしてもいい。その分、壮真と過ごせる時間も長くなる」

　壮真と二人きりになった時から、私は壮真のためになることは実行しようと決めている。確かに短時間の仕事にすれば時間に余裕もあるので、壮真にもっと絵本を読んであげられるし、折り紙も一緒に折れる。

　お金の援助目的だなんて聞こえは悪いかもしれないけれど、壮真を一人で育てていくのは金銭面では限界があるので、誰かに頼ってもいいのかな？

「この子がお金に困らずに幸せに過ごせるなら、その話に乗ります」

「もちろん、約束は必ず守る」

　そう言って、口角を上げて柔らかい笑みを浮かべた成瀬先生。

　もしかしたら、『当たり前のことを聞くな』と言いたかったのだろうか？　成瀬先生も壮真のことを一番に考えてくれていることが嬉しい。

「あの、これから私はどうしたら……」

「あぁ、そうだな。とりあえずは両親に会ってほしい。結婚を前提に付き合っているとでも話を合わせてくれればいいから……」

「分かりました」

「日取りは追って連絡する」

そう言い残すと成瀬先生は黒いリュックを持って、アパートから出て行った。

気付けばもう、日付けが変わりそうな時間帯だ。こんなにも遅くまで成瀬先生がいたのは初めてだ。

私はお風呂に入りながら考える。

偽装結婚という名目だが、流れのままにオッケーしてしまって本当によかったのだろうか？

冷静になって考えたら、良くない選択肢ではないだろうか？

実際に付き合っているわけでもなく、相手が居ない私に簡単に結婚を申し込むなんて、何か裏があるのだろうと思ってしまう。

例えば……、私には恋愛感情がないので、愛人を作ったとしてもヤキモチを焼かれることもなく、面倒くさいことも言われず、夫婦間の問題事にもならなそうだからかな？

私自身の目に映る成瀬先生は悪い人には思えない。遊んでいる噂なんて嘘だと思ってしまう。

壮真に対しても優しいし、自分の子ではないのに仕事で疲れている身体に鞭を打ちながらも会いに来てくれる。そんな誠実な成瀬先生が、何人もの彼女が居るとか有り得るのかな？

救急医のエースなのに、恋愛に対しては不器用なのだろうか。遊んでいるというよりも、言い寄られると蔑ろにできない性格でつい受け入れちゃうのかな？　それが仇となり、妙な噂に繋がったのかもしれない。

私の目に映っている成瀬先生が全てではないかもしれないが、少なくとも私と壮真にとっては良い人というカテゴリーに分けられている。

様々な憶測をしてしまうが、私は偽装結婚でも、壮真が苦労しないなら構わない。

私は自分のことよりも、壮真のことを優先に考えて受け入れただけ。そう思うことにする。

三、出生の秘密

成瀬先生から偽装結婚の申し込みがあり、ご両親にも紹介すると約束されたが、今ならまだお断りするのも可能だと思っている。

私にとって、成瀬先生との結婚話は夢物語のようなものだったから。話が膨らまないうちになくなった方が、自身のためと思う。深入りすれば、するほどに傷つくだけだもの。

偽装結婚の話が浮上した何日かあと。

今度は、成瀬先生に関する新たな噂が突然に病院内に広がり始めた。

「成瀬先生がお見合いの話を断ったらしいよ」

「えー！　そうなんだ！」

「でね、病院内に付き合っている人が居るらしいの」

「誰なんだろう？　気になるね」

私は同僚二人と従業員食堂兼休憩所で、お弁当を食べていた。そこに彼女たちと仲が良い看護師がやって来て噂話で盛り上がり始めた。

特別、聞きたいわけではないのに私の耳にも入ってくる噂。成瀬先生は有名人だから、何らかの話題があるとすぐに広がってしまうんだなぁ。

噂話は、成瀬先生を狙っていた女性ドクターも参戦して騒ぎ始める。彼女たちは、付き合っている人は誰なのかを推測し始めた。

私はお弁当を食べながら、ただひたすら黙っていた。しかし、次の瞬間――。

「相川さんは、誰だと思う？」

突如として、二つ年上の同僚から話を振られた。

「え？　私は……分かりません」

咄嗟に知らないふりをしてしまった。

「だよね？　相川さん、恋愛とかそーゆーのってうとそうだもんね。知らないよねー」

同僚から、『あははっ』と笑われたが、自分でも全くその通りだと思っている。

恋愛のことは、大学時代にはもう興味がなくなってしまったのかもしれない。

壮真が自宅に来てからは、壮真に費やす時間が多くなり、『誰がカッコイイよね』とか『素敵』だとか、そんな話題に乗れなくなった。恋愛をしないことを決して壮真のせいにしているわけではなくて、出会いもないから。

成瀬先生のカッコよさは同意するが、家柄も私とは雲泥の差で、端から恋愛対象ではない。なので、偽装結婚を申し込まれたのも不思議で仕方ない。

壮真との二人の生活は金銭面が大変なだけで、毎日はとても楽しい。だから、今は恋愛なんてしなくても充実している。

「成瀬先生に似合う人って、超美人なんじゃない？」

「あと超お金持ちそう！」

それも分かる気がする。その意見に私も賛成だ。

成瀬先生のお家柄に恥じないような超美人の令嬢か、同じく大病院の娘さんじゃなきゃ釣り合わないと思うもの。

「やっぱりさ、彼女が隣に並んだ時に〝映え〟ないとね」

今の一言は、成瀬先生を狙う女性ドクターが発した言葉だ。女性ドクターは美人だと思うのだが、私からすると……性格がキツそうに見える。

「そうよね、先生くらいに美人で仕事もできなきゃ、ご両親にも認めてもらえないじゃない」

「分かる！　きっと家が決めた相手と政略結婚して、現在の恋人とは付き合い続ける的なやつね」

「やだ！　ドラマ見すぎじゃない？」

彼女たちは、きゃあきゃあと甲高い声を上げて周りに迷惑なくらいに騒いでいる。

私はその一員だと思われるのが嫌だ。ひっそりとしていたいのに……。

彼女たちが期待しているドラマ的な展開になりそうなのは、事実に近いかもしれない。

彼女たちには絶対に話せないけれど、成瀬先生から『結婚しよう』とは言われたが、私たちは付き合ってもいない。

成瀬先生は週に何度か自宅に来ることもあるが、それは壮真に会いに来ているのであって私にではない。あとは、ご飯を食べに来ているだけ。

彼女たちが言うように、他に誰かお相手が居るのだろうと思う。あんなにもカッコよくて、仕事もできる人だから居ない方がおかしい。

「政略結婚なら、お相手は大企業の令嬢か大病院の娘だとしても、きっと美人なんかじゃないのよ。地味な女とか、顔と体形がイマイチとか……」

私は地味で美人でもないもの。体形も魅力的ではなく、ただの痩せっぽちである。

やはり、皆が思っているような人とは、かけ離れている。

「ドラマでよくある話よね。夫が裏で浮気しまくっちゃうのよ」

相手が私だとしたら、成瀬先生が浮気しても仕方ない。私との間には子を儲けず、愛人と子どもを作るかもしれない。そんなことになった時、私は偽装結婚と割り切れるのかな？

生活費のためとはいえ、生涯を通して割り切った生活などできるのだろうか。幸せを感じられるのだろうか？　考えれば考えるほど、不安がよぎる。

「えー！　成瀬先生なら、浮気相手になりたいわ」

「私もなりたい！」

とんでもない話まで広がり、収拾がつかなくなりそうだったが、休憩時間が終わりに近付いてきたので胸を撫で下ろした。

「情報入ったら教えてよ」

「先生もね！」

私は終始、黙り（だんま）りとしていた。この手の学生みたいなノリが本当に苦手。聞きたくないのに一緒に居るだけで耳に入ってしまうし、お弁当の味なんか分からないくらいだった。

彼女たちの話を総合すると……私は貧乏だし、地味な感じで美人でもないので、成瀬先生のお相手には相応しくない。

しかし、偽装結婚の相手には最適なのだろうか？　大企業の令嬢でもなく、大病院の娘でもないが、頼る人もなく妹の子どもを育てていることはドラマ的には映えるだろうか？　そこに美人の愛人もいれば、もっとドラマ的には良いだろう。

愛のない契約だけの結婚なのだから、愛人が居ようと居まいと関係はない。けれど、考えれば考えるほどにチクチクと胸が痛くなるのは何故だろう？

私はトイレに寄ってから職場に戻りたかったので、同僚たちよりも早めに席を立った。

「きゃっ……！」

トイレから出ようとした時、勢いよく入って来た誰かとぶつかり、ふんわりと良い香りが鼻を掠めた。

「ご、ごめんなさい！」

「こ、こちらこそ、すみません！」

私は謝罪をしてからぶつかった相手を見ると、病院長の秘書だった。彼女は花柄の可愛らしいポーチを握りしめている。

「これから外出しなきゃいけなくて、急いでたんです」

「大丈夫ですよ、気にしないでくださいね」

忙しそうなのに丁寧に深々と頭を下げてきた彼女。私は彼女がぶつかって来たことなど気にしていないので、精一杯の笑顔を見せる。

彼女は「ありがとうございます」と言って、今度は軽く頭を下げてから私の横を通りすぎた。

小柄で目鼻立ちがはっきりしていて、お人形さんみたいに可愛い。スタイルも良いので、私とは大違いだなぁ……。

秘書の……確か、名前は今野(こんの)さんだったかな？

今野さんは、内科部長の娘だった気がする。

父親がこの病院の内科部長の地位を持ち、彼女みたいな可愛くて人当たりの良さそうな方ならば、成瀬先生の結婚相手にも申し分なさそう。

私は総務課までの廊下を考え事をしながら歩いて行く。

彼女は私のことなど何も知らないだろうけれど、私は成瀬先生が彼女と話しているのを何度か見たこともある。

あれ？

どうして、成瀬先生のことばかりを考えてしまうのだろうか。好きでも何でもないはずなのに。

「相川！」

「え？」

ぼんやりと歩いていると後ろから声をかけられた。それは聞き覚えのある声で、少しだけドキッとしてしまう。

「後日、大事な話がある。また連絡する」

「……はい」

振り返ると聞き覚えのある声の主は、想像通りで成瀬先生だった。

周りには誰も居なかったけれど、誰がどこで聞いているか分からないので、成瀬先生から気軽に話しかけてきてほしくない。

話しかけられて嬉しくないわけではないが、大事な話という内容だけに、聞かれたら絶対に勘繰られるに違いない。

成瀬先生も私の立場を考えて行動してほしいのに……。

総務課に戻ったあと、仕事を始める前に成瀬先生のスマホにメッセージを送った。

『病院内では仕事以外の話はしないでください』

成瀬先生は仕事のことになると頭の回転が速いのに、プライベートになると鈍感な部分があるのでストレートな文章を送った。

『分かった。気をつける』

プライベート用のスマホからすぐさま返事は送られてきたのだが、本当に理解しているのかどうかは不明である。

私は成瀬先生から偽装結婚を持ちかけられた身だが、あれからその話はされないままだ。もしかしたら、その大事な話というのは、結婚を取りやめにしたいということかもしれない。それならそれで構わないのだが、周りの目も気になるので、どんな話題にせよ、病院内では話しかけてほしくない。

お互いに連絡先も知っているし、自宅アパートにも来てくれるのだから、わざわざ直接、話しかけてきて予告をしなくとも、その時でよかったのにな。

気軽に話しかけてくれるのは嬉しいけれども、私には私の事情があるから困る。

ただでさえ、入院中に成瀬先生が病室に何度か顔を出してくれただけで彼女だとか疑われたのだから。


二日後、成瀬先生は約束通りに〝大事な話〟をしに自宅まで来た。

いつものように夕飯を食べ、壮真が寝たあとにキッチンにある椅子に座る。

私はマグカップに温かいお茶を注ぎ、飲みながら話を始めることにした。

「来週の水曜、有給を取れないか?」

成瀬先生は突然にそんなことを言ってきた。

「急ですが、多分大丈夫だと思います。でも、一体どうして……?」

もしかしたら、成瀬先生は壮真のためにお休みを空けてくれたのかな? 以前、成瀬先生が来た時に何となく、壮真が動物園に行きたいと言っていたから。

「両親に会いに来てくれないか」

「え?」

成瀬先生の言葉にドキッとしてしまい、心臓の鼓動が跳ね上がった。

私の入院中にお世話になり、お礼を伝えに伺ったが、成瀬先生のご両親は不在だった。その後は伺えていないままだったので直接お礼を伝えたい気持ちはあるが、成瀬先生には別の目的がある。

偽装結婚のために、私を交際している人だと紹介するつもりなら、足を運ぶのを躊躇してしまう。

どうしよう?

成瀬先生は冗談なんかではなく、本気で私に偽装結婚を頼もうとしている。

私は本当にそれでいいのか、自分自身に問う。

「今すぐに結婚をしないにしても、形式上、紹介はしなくてはならない」

「あの、本当に結婚……、偽装結婚するつもりですか？」

「あぁ、本気だ」

私は恐る恐る聞いたのだが、成瀬先生は考えを曲げないらしい。

成瀬先生が本気で偽装結婚に向けて動いているのなら、私も腹をくくるしかないか。

「両親には紹介したい人が居ると話してある。だからもう、あとには引けない」

私のことなどお構いなしに話は進んでいるが、了承したのも自分自身だから仕方ないか。

成瀬先生の願いを叶えればお金を援助してくれる約束なので、壮真のためにはなる。

しかし、壮真は成瀬先生のことが大好きだ。だからこそ、本当の夫婦にはならないと壮真が知った時、私はどうしたらいいのだろうか？

「あの……、一つ聞いてもいいですか？」

「何だ？」

「壮真のことなんですが、偽装結婚と知られたらどうすれば……」

成瀬先生には思いも寄らない質問だったのか、一瞬だけだが目を丸くした。

「それなら、良い解決策がある」

「解決策？」

「見せかけだけではなく、本当の夫婦になればいいんじゃないのか？」

成瀬先生はニヤッと笑ってドヤ顔をした。

〝本当の夫婦〟になればいいだなんて、簡単に言わないでほしい。

愛がないのなら辛いだけでしょう？

「え、だって……、私たちは付き合ってもいないのに」

私は突然の提案に動揺を隠せず、目が泳ぐ。

「こんなにも妻問婚してるのに？」

「つまどい？　こん？　って何ですか？」

「通い妻の夫バージョンだ。とにかく、問題が発生したらその都度考えて、最善策を見つけるしかない」

成瀬先生らしい回答だが、今後の私の生活はどうなってしまうのか。

壮真が幸せになるために……と思っていたが、やはり偽装結婚はお断りするべきなのかもしれない。

「相川は俺が何で妻問婚してると思うんだ？」

成瀬先生が真剣な顔をして訊ねてきて、私は視線を逸らせなくなる。

「え？」

「ご飯を食べに来てるだけ、とか思ってるのか？」

ご飯を食べに来て、壮真の様子を見に来るため？

間違っても、私に会いに来ているわけではないはずだ。自宅でも、私に関すること
はあまり聞かれたりしないもの。

「まぁ、いいか……。とにかく、有給申請は出してくれ。無事に取れたらメッセージ
送って」

「分かりました」

成瀬先生の真っ直ぐな視線から解放された私は、胸を撫で下ろした。

成瀬先生が、一体何を伝えたかったのか分からない。

「じゃあ、今日はもう帰る。おやすみ」

「あの……！」

成瀬先生は自分の言いたいことだけを言って、帰ろうとする。

私は咄嗟に立ち上がって、帰ろうとする成瀬先生を引き留めた。

「何？」

成瀬先生は驚いた顔をして、こちらを見ている。

「いえ、何でもないです……」

成瀬先生にじっと見られたままだ。

私は視線を逸らして、聞きたかった言葉を胸の奥にしまった。

「じゃあ、また。おやすみ」

「おやすみなさい」

気になったままの通い妻ならぬ〝妻問婚〟について詳しく聞こうと思ったのだが、墓穴を掘りそうだったので胸の中だけに留めた。

私は成瀬先生が帰ったあとにネット検索をしてみる。

〝つまどいこん〟は〝妻問婚〟と書くらしい。

通い婚と似たようなもので、平安時代には結婚しても別居が主流で、夫が妻の元に通うのが習わしだった。

成瀬先生は平安時代の習わしを知っていて、そんなことを言い出したのか……。

私たちはまだ結婚もしていなければ、付き合ってもいないから成瀬先生の冗談だったのかもしれない。

妻問婚と言われたからって、自分に好意を抱いているなんて、鵜呑みにはしちゃ駄目。

身分も違いすぎるのだから、私は成瀬先生を好きにはならない。冗談にも惑わされて浮かれたりしない。

でも男性慣れしていない私には、冗談が過ぎたかもしれない。だって、意味合いを調べた途端に、心の中が少しだけキュンとしてしまった。ほんの僅かでも、意識したら負けなのに——。


週明けの月曜日、噂は留まることを知らずに膨らんで、私の元へとやってきた。

「ねぇねぇ、聞いて！　成瀬先生の現在の彼女は、病院長の秘書の今野さんらしいわよ」

成瀬先生と病院長の秘書の今野さんが付き合っているとの噂が、私の耳に入ってきた。

息抜きの十五時のお茶タイムに、事務員たちが騒いでいる。

「えー！　そうなんだ」

「前にも噂があったけど、今度は本当なのかしら？」

「今度は信憑性がありそうよ！　病院長が、成瀬先生が自宅に彼女を初めて連れて来るって言ってるらしいの。で、噂好きの看護師が今野さんに聞いたら、言葉は濁していたものの、否定はしなかったって話よ！」

私は噂話には交ざらずに自分専用のマグカップに注がれたお茶を飲みながら、ひたすら黙っている。

彼女を自宅に招くと言っているならば、私との偽装結婚はいつの間にかなくなったのかな？　それが本当だとしたら、成瀬先生から私に一言あってもよかったのに。

心の奥が、チクチクと痛み出す。この痛みは、傷ついているからなの？

今野さんは可愛くてスタイルも良く、地味な自分とは違い、成瀬先生に相応しいと思う。でも、成瀬先生が私に何も伝えてくれないのは、あまりにも酷すぎる。

「今野さんと成瀬先生が、話してるのをよく見かけるのよ」

「あー、私も見たことあるわ」

私も成瀬先生と今野さんが、親しげに話しているのを見たことがある。

病院長の秘書なのだから、成瀬先生のお父さんとしても、息子の結婚相手として申し分ないはず。ならば私ではなく、今野さんと結婚すれば丸く収まるのに。そう思うくる。

私だったが、成瀬先生と今野さんが結婚すると考えると何故だか胸が苦しくなって

遊んでいるとの噂もある彼だが、私は信じたくない。そんな噂とは裏腹に、成瀬先生には優しさがあるからだ。

私は知らない間に成瀬先生の優しさに絆され始めていたことに気付いてしまう。だから、胸が締めつけられるような感覚になっているのか……。

偽装結婚を提案された時点では、成瀬先生のお相手の噂を聞いても何とも思わなかった。今では、成瀬先生のことを考えるとモヤモヤして苦しくなる。

「近いうちに発表がありそうじゃない?」

「そうだよね。病院長公認なら、結婚もすぐよ」

短い休憩時間の中で同僚たちは楽しげに話している。

彼女たちの話が本当ならば、偽装結婚の提案もなかったことになる。もう壮真に会いに自宅に来ることもないだろう。

壮真は悲しむかもしれないし、後々のことを考えたら生活はまた苦しくなるが、なかったことになる方が幸せだと思う。

身体を壊さないように、少しずつ副業も再開しようかな。両親の保険金もあるし、

きっと……大丈夫だよね？

この先、偽装結婚だと分かっているのに成瀬先生に恋心を抱いて傷つきたくもないし、彼には彼の相応しい方と幸せになってほしい。それが私の願いだ。

壮真だって、成瀬先生にお嫁さんが来たと言えば理解してくれるはず。だから、大丈夫。過剰な心配はしないことにする。

成瀬先生から指定された水曜日に、言われるがまま有給を取得した。他の事務員と申請日が被らなかったおかげでスムーズに事は運んだ。

前日の火曜日の夕方になっても成瀬先生から連絡はなく、私はご両親へのご挨拶はなかったことになったのだと思った。しかし、そう思った直後……、連絡もなく夜八時過ぎに成瀬先生が訪ねて来た。

「明日は約束通りな」と私に言って、壮真には「明日の朝ご飯。たまには菓子パンもいいだろ？」とコンビニのパンとヨーグルトの入ったレジ袋を玄関先で手渡すと、私の返事を聞く前に帰って行った。成瀬先生は非常に眠そうでフラフラしている。

壮真は成瀬先生に会えて喜んでいたが、すぐに帰ってしまって寂しそうだった。

私自身、成瀬先生に今野さんのことを聞きたかったけれど……彼は仕事で疲れているので引き留めることはできなかった。

本命の彼女が今野さんだとしたら、私と偽装結婚するのには何か理由があるはず。けれども、それも仕方ない。成瀬先生は、彼自身の事情があるから。私は生活費のために、偽装結婚を割り切ればいいだけの話だ。

私はもう後戻りはできないのだと自覚して、心を落ち着かせながら受け取ったレジ袋の中身を取り出した。

私、本当に成瀬先生と偽装結婚するのかな？　でも、成瀬先生のご両親からお断りされる場合もあるかもしれない。

明日は迎えに来てくれて、一緒に成瀬家に向かうと言われたので今からドキドキはしているけれど……初めての二人きりの外出だが決してデートではないと自分に言い聞かせる。

私たちはギブアンドテイクの関係なだけ。それ以上ではない。

翌日の水曜日は、私が壮真を保育園に預けると、成瀬先生が最寄り駅まで迎えに来た。

「おはよう。今日は暖かくなりそうだな」

私を見つけた途端に近くまで歩いて来る成瀬先生。

「おはようございます。天気予報では、上着がいらないくらい暖かくなるそうですよ」

「そうなのか、ジャケットは必要なくなるかもしれないな」

成瀬先生はネイビーのジャケット、白の無地Tシャツ、黒のチノパンに黒の革靴というスマートカジュアルな服装に身を包んでいる。

病院帰りにうちに寄る成瀬先生はいつも、パーカーにジーンズだったり、スポーツブランドのジャージの上下のようなもっとラフな格好なので新鮮だ。

どんな格好の成瀬先生でも様になるが、今日は一段と素敵に見えてしまう。

「駅近の駐車場に車を停めてある。そこまで歩こう」

「はい」

成瀬先生は車で来てくれたらしく、私は今からドキドキしてしまう。

「あの……、昨夜までずっと自宅に帰ってなかったんですか？」

「あぁ。重篤な急患続きでずっと泊まってたんだ」

昨日の夜に訪ねて来た成瀬先生は、何だかヨレヨレな感じがした。

「治療に専念してる時は気が張ってるから眠くないんだが、落ち着いたので夜勤の医師に任せて自宅に帰ろうとすると瞼が落ちてくる。でも帰ってすぐに寝れば、朝起きた時にスッキリしてるんだよな」

私の場合は布団でゴロゴロしていいと言われたら、ずっとしていたい。入院中は普段の寝不足を取り戻すかのように、たくさん寝てしまった。

「昨日はよく眠れましたか？」

「夕飯も食べずに風呂も入らずにベッドに倒れ込んだ。朝までぐっすりだった」

成瀬先生からはシャンプーの香りなのか、ほんのりと良い匂いがする。朝にシャワーを浴びてから来てくれたのかな。髪形もワックスをつけているのか、いつもより艶があってしっとりしている気がする。

「私は眠れませんでした。先生のご両親に会うのは緊張します」

まずは入院中のお礼を伝えよう。それから、あれ？　どうしたらいいのだろうか？

「何でだ？　病院でも父には会っているだろ？」

成瀬先生は人の気も知らずに、しれっとしている。

「私は滅多にすれ違うこともありませんし、一度もお話ししたことはないんです」

「病院では偉そうにしてるかもしれないが、家では小型犬好きなただのおじさんだ。緊張しなくていい」

そんなことを言われても、成瀬先生は自分のお父さんだからそう思っているだけだ。私にとっては病院長であり、手の届かない方だ。

「母は子ども好きな、料理ができないおばさんだ。内緒にしといてほしいのだが、母の料理は不味い」

「え？」

「だから、家政婦が居てくれて正解なんだ」

私はどう答えていいのか分からない。でも……。

「美味しいか美味しくないかなんて、人それぞれだと思うんです。愛情がこもっているなら、それだけで幸せじゃないですかね？」

うちの母も決して料理が大得意だったわけではない。けれど、いつも忙しいのに笑顔で作ってくれていた。もう食べることはできないが、自分の料理があの大好きな懐かしい味に辿り着くのを願っている。

「……それもそうか。相川の料理は美味しいよ、すごく」

「お世辞を言っても、私には響きませんよ」

照れ隠しに可愛くない発言をした。何の気なしに成瀬先生は発言しているのかもしれないが、恋愛経験のない私は鵜呑みにしてしまいそうになる。お世辞だと割り切らなくてはいけない。

「それはそうと……打ち合わせもしとかないとな」

「はい」

これから成瀬家に行くというのに何の打ち合わせもしていない。偽装結婚とはいえ、それなりの設定は必要だろう。

駐車場に着くと成瀬先生は、「どうぞ」と言って助手席側のドアを開けてくれた。手慣れているのか、エスコートが上手だ。

成瀬先生の車は私でも知っている国産の高級車で、車内は爽やかな香りが漂っている。

「よろしくお願いします」

私は助手席に腰を下ろすと両脚を揃え、シートベルトを装着した。

今日は壮真が近くに居ないし、こうして成瀬先生と狭い空間の中で二人きりになるのは初めてだ。自分でも胸が高鳴っていくのが分かる。

でも、この胸の高鳴りは恋愛感情ではなく、ただ単に緊張しているからだと自分に言い聞かせる。

「あの、私はどうしたら……」

心を落ち着かせるように成瀬先生に訊ねる。ご両親の前では双方の話に齟齬が生じてはいけない。

「そうだな。両親に色々質問されるだろうから、適当に答えていればいい」

驚いた。自分から、『打ち合わせをしとかないと』と言いながら、適当にって……。

成瀬先生はいいかげんすぎる。

「適当に、なんて無理があります！　出会いとかきちんと決めておかないと！」

「出会い？　出会いは病院だろ。同じ病院で働いているのだから」

それもそうだな、と思った。そして、もしかしたら知っているかもしれないが、私の両親が交通事故で亡くなったことをきちんと伝えておきたい。

成瀬先生のお父さんは病院長だけれども、働いているスタッフの個人的な情報は知らないだろうから。

「あの、私の両親が居ないことはお伝えした方がいいかと思うのですが……？」

「そのことなら、壮真を預かった時点で話をしてある」

「そうなんですね……」

「だから、細かいことは心配するな」

成瀬先生がそう言うなら、いいかげんくらいでちょうどいいか。何故なら、偽装結婚が駄目なら駄目でもいいのだから。

私には成瀬先生が生活費を援助してくれるというメリットはあるが、そのメリットを成り立たせるには様々なハードルが立ちはだかる。

病院内で妬まれ、いざこざに巻き込まれかねないだろうし、先生のご両親にも認められる確率は低いと思う。

「あとは壮真が妹の子どもだということも……」

実の両親が亡くなってしまったことは私自身にもどうにもならないことだが、実の妹の子どもの面倒を見ていることはマイナスイメージだろう。

「それも大丈夫だろう。何も心配することはない。壮真の生い立ちがどうであろうと、俺は家族として迎えたい」

成瀬先生は運転しながら、自信たっぷりに答える。

私が何を言っても、成瀬先生には絶対大丈夫だという確信があるようだ。私には不安しかないのに。

「相川はまだ不安そうだな？」

信号待ちの時に私の方を見て言い放った。

「……最初から不安ばかりですよ」

「壮真を一人で育て上げると意気込みだけで決めた奴だから、もっと突っ走るタイプかと思ったんだけどな？　所詮はただの女の子か……」

それは一体どういう意味？

「勝ち取りたくないか？　ハードルが高いほど、勝利は喜ばしいだろ？」

「……よく分かりません」

成瀬先生は何が言いたいのか。

「偽装結婚だろうと何だろうと両親を説得したら、辛い副業もしなくていいんだぞ？時間も金も自分のためにだって使える。相川にも幸せになる権利があるんだ」

「そうかもしれませんが……」

幸せになる権利があると言ってもらえて正直に嬉しいけれど、それを叶えるためには一筋縄でいかなそうな気もしている。

成瀬先生の車に乗せられて三十分くらいだろうか。門がある大きな平屋に着いた。

自宅横の駐車場に車を停めて歩いて行く。

門に備え付けられているチャイムを鳴らすと、お手伝いさんが出迎えてくれた。成瀬家を訪ねたのは二度目だが、前回はご両親が不在のために中には入らなかった。

「お待ちしておりました。どうぞ、こちらへ」

私は軽く頭を下げて、お手伝いさんと成瀬先生について行く。お手伝いさんにも挨拶をしたいのに、緊張していて声が上手く出ない。

門を潜ると綺麗に整備されている庭園があり、池には鯉がいる。敷地内に足を踏み入れたのは今回が初めてで、足が竦んでしまいそう。

「お邪魔いたします……！」

お手伝いさんが玄関の扉を開けると、上がり框（かまち）の部分に着物を着て正座をしている女性がいた。

「初めまして、結仁の母の美代子（みよこ）でございます。この度はお越しくださりありがとうございます。さぁ、どうぞ？　お上がりくださいませ」

深々とお辞儀をしながら挨拶をされて、私の鼓動はどうにかなりそうなくらいに速くなる。

これから、付き合ってもいない成瀬先生との偽装結婚の許しを得るかと思うと頭の中が真っ白になりそう。隣に居る成瀬先生はいつも通りに平然としている。

靴を揃えて上がろうとした時、足が上手く上がらなくて上がり框に右の脛をぶつけてしまった。声を出さずに痛みに耐え、廊下を歩く成瀬先生たちのあとを追う。

「こんにちは。ご足労かけて申し訳ないね」

案内された和室の客間は十畳はあるだろうか。座椅子に座っていた成瀬先生のお父さんがこちらを見て、優しい笑みを浮かべる。

「初めまして、相川清良と申します。総務課で働いております」

成瀬先生のお母さんはお父さんの横に行き、ご夫婦は並んで座った。私は成瀬先生の隣に座り、座椅子の上で正座をする。

「相川さんは、壮真君の保護者と聞いているよ。壮真君はとても礼儀正しい可愛い子で、うちのおもちとも仲良くしてくれた」

私は、成瀬先生のお父さんの言葉を聞けて安心した。壮真は私が傍に居なくても、きちんと対応できる子だ。

「その折は、壮真が大変お世話になりありがとうございました」

私はその場で頭を深々と下げ、お礼を言った。

「頭を上げてください。総務部長から、相川さんは仕事も懸命にきっちりこなしてくれる方だと聞いている。緊張なさらずに、どうぞ足を崩してください」

「ありがとうございます」

成瀬先生のお父さんから足を崩すように言われたが、そうもいかないので姿勢はそのままだ。

緊張して顔が強ばりながらも、紙袋から有名な老舗和菓子店の羊羹セットを取り出して、お父さんに差し出す。

「おぉ、ありがとうございます。私はね、ここの羊羹が大好きなんだよ」

今回は、成瀬先生からご両親が好きなものをリサーチ済みである。お二人揃って、この老舗和菓子店の羊羹が大好きだと聞いていた。

「相川さんがうちで働いていた繋がりもあって、入院中に壮真君を預かることになったんだな。結仁から、壮真君を預かると聞いた時は驚いたが、私たち家族は孫ができたみたいで楽しかったよ」

病院内で見かけたことがあっても、病院長とは一度も話をしたことがなかったが、こうして話してみると穏やかで優しそうな雰囲気だ。

「本当にね、壮真君はとてもお利口さんで、また一緒に過ごしたいわ」

成瀬先生のお母さんも朗らかで優しそうな感じがする。壮真が知らない場所で泣き言も言わずに一週間お世話になったのだから、とても良くしてくれたに違いない。

壮真に対して親切にしてくれたのだから、もしかしたら結婚話もすんなり上手くいったりして？

優しい雰囲気で話しやすく、緊張も解れてきたのも束の間……、次の瞬間に成瀬先生のお母さんは疑問に思ったことを口に出した。

「結仁、今日はお嫁さんになる人を連れて来る約束だったわよね？　相川さんは、入院中のお礼を言いに来てくれたのでしょう？　あとから違う人がいらっしゃるのかしら？」

まさか、子連れの女性が花嫁候補だなんて思わないよね。入院中は、壮真を預かってもらえたけれど、それとはまた別の話だもの。

総合病院の跡取り息子の花嫁候補には相応しくないと言われているようなものだ。

「母さん、違うよ。相川とは結婚を前提に真剣に付き合っている」

成瀬先生はすぐに否定をして自分の意見を述べた。

「まぁ……」

成瀬先生のお母さんは驚きを隠せないようだったが、そんな時にお手伝いさんが紅茶とケーキを運んで来た。

「お紅茶とフルーツショートケーキをお持ちいたしました。お紅茶はダージリンです」

「ありがとう」

目の前に置かれたティーカップから、気品溢れる爽やかな香りが鼻を掠めた。茶葉から淹れた紅茶は、私がいつも飲んでいるティーバッグとは違い、色合いも香りも上質だと分かる。

フルーツショートケーキについていたケーキピックには、有名パティスリーの名前が書いてあった。名前だけは知っているけれど初めて食べる。

「いただきながら、話をしましょう。それで、相川さん、壮真君は今日はどうしたのかしら？」

「今日は仕事はお休みなのですが、保育園にお願いしました」

「そうなのね。壮真君は相川さんのお子さんという認識だけれど、違うかしら？」

成瀬先生のお母さんは優しい雰囲気だが、質問は容赦なくしてくる。やはり、引っかかるところはそこだった。

「よく間違えられますが、実は……私の妹の子どもで、訳あって預かっています。公にはしていないですが……」

聞かれたことに対して正直に答えた。

吉と出るか、凶と出るかと言われたら、きっと凶だろう。

自分の子どもではないにせよ、初婚で子ども付きは世間体が悪い。

「相川さんに確認したいことがある。ご親戚に病院関係者は居たりするのかい？」

成瀬先生のお父さんからも、私の身内に対しての身辺調査が始まった。

「いいえ、おりません。それに私は……大企業の娘でもありません。ごく一般的な家庭に生まれました」

成瀬家のお嫁さんになるには、家柄も良くないと認められない。そんなのは私自身も分かっていたことだが、面と向かって聞かれると結構なストレスが心身にかかってくる。

「結仁、お言葉は悪いけど……清良さんは令嬢でも大学病院の教授の娘さんでもないのよね？ いくら、結仁が選んだお相手でも、この結婚は成立しないに等しいわね」

やはり、そうなるよね。

やり取りを繰り返すよりも、はっきりと言ってもらった方が楽になる。成立しないならしないで、構わない。

「以前、結仁にもお話しした、お見合い候補だった大学病院の外科部長の娘さんは有名女子大を首席で卒業したそうよ。成瀬総合病院の跡取り息子として恥じぬように、奥様になる方にも、それなりの肩書は必要なの」

成瀬先生のお母さんが言っていることに間違いはない。

跡取り息子としては、今後の病院の繁栄や病院同士の連携にも繋がるという部分で、私のようなどこの馬の骨かも分からない女性よりも、由緒あるお宅の娘さんの方が安心できるもの。

「外科部長さんは月見里教授にもお世話になった方だから、これ以上のお相手は望めないわ。一度はお見合いの話を見送ってしまったけれど、今ならまだ取り次いでもらえると思うわ」

月見里教授という方がどなたかは知らないが、外科部長さんと同じくらいに、もしくはそれ以上にすごい方なのだろう。その方の後ろ盾があれば、成瀬総合病院の未来はもっと明るくなりそうだ。

成瀬先生のお母さんが反対している時点で、偽装結婚は成立しそうにない。それならそれで、私も気負わなくて済むのでよかった。

「そのことなんだが……」

ずっと黙って聞いていた、成瀬先生が口を開いた。

「相川は多分、高確率で月見里教授の娘だ」

「え？」

急に割って入ってきた成瀬先生に、ご両親共に驚いている。

私が、今さっき話に出てきた、月見里教授の娘？

一体どういうことなのか、偽装結婚を提案された時と同じように混乱している。

「相川の母と月見里教授は訳あって結婚はできなかったみたいだ。ちなみに相川の母の名は相川百合江。旧姓は篠木」

成瀬先生、一体どうして……私の母の旧姓まで知っているの？　確かに亡くなった父は、私の本当の父親ではないと知っていたけれど……。

「噂では月見里教授には、隠し子が居るといわれている。それが貴方なのか……」

隠し子？　その隠し子が私なの？

成瀬先生のお父さんも驚きを隠せないようだった。お母さんに関しては何も言葉が出てこないらしく、こちらを見てはいるが口を結んでいる。

自分が月見里教授という人の娘だという事実を、今まで知る由もなかった。私は何も言葉にできず、ひたすら黙っていた。

「月見里教授にお世話になった縁もあり、彼女の生い立ちはどうであれ、相川清良を幸せにしたいと考えているのだが……認めてはもらえないだろうか？」

成瀬先生はご両親に真剣な眼差しで訴える。

「月見里教授は、何て仰っているんだ？」

「二人に相談してからにしたいと思い、まだ報告はしていない」

「そうか……。この話は少しだけ保留にさせてくれないか」

成瀬先生のお父さんは深刻な様子で答えた。

しんみりとした空気になり、自然と今日のところはお開きになる。

月見里教授とは、一体何者なのか？

成瀬先生のご両親も驚くような人物が私の父親のはずがないと思う。絶対に何かの間違いだ。

成瀬先生の実家を出たあと、再び車に乗せられて移動する。

「ちょうど飯時だし、腹減ってないか？」

成瀬先生の実家には十時過ぎに着いて、それから二時間もいなかったらしく、時刻はもうすぐ十二時になる頃だった。

「いえ、先ほど……、ケーキをいただいたのでそれほどでもないです」

「まぁ、そう言わずに。せっかくだからランチにしよう。何が食べたい？　遠慮はするな」

「……じゃあ、普段自宅で食べられない美味しいものが食べたいです」

「うん、分かった」

私は成瀬先生に月見里教授という方のことを聞きたいが、運転中は根掘り葉掘り聞けない。本当はランチに行くのもデートみたいで気が進まないのだが、月見里教授のことをじっくり聞きたいので同席することにした。まぁ、成瀬先生にとってはデートという感覚ではないのだろうけれど。少なくとも私は、男性と二人きりでランチをするなんて大学時代以来だ。

「え？」

ランチをする場所に着いて、私の目がびっくりして丸くなる。

「このホテルのブッフェ、とても美味しいんだ。ちょうど混雑のピークかもしれないけれど……」

左腕につけている腕時計を見た成瀬先生は、格式高い高級ホテルのブッフェレストランを選んだ。指定駐車場に車を停めて、私は成瀬先生に言われるがままについて行く。

「いらっしゃいませ、何名様でございますか？」

「二名です」

「かしこまりした。ご案内いたします」

私は周りをきょろきょろと見渡して落ち着きがないが、成瀬先生はスマートな立ち居振る舞いをしていて、何かと私をエスコートしてくれる。

成瀬先生はやはり女性の扱いに手慣れている感じがして、私は気後れしてしまう。

「あっ、ごめんなさい……！」

「お気になさらないでください。すぐに新しいものとお取り替えいたします」

ブッフェみたいにトングで料理を取っていくスタイルにも不慣れな私は、サラダコーナーの付け合わせのブロッコリーを取ろうとして、緊張のあまりトングを絨毯の上に落としてしまった。幸い、ドロッとしたとろみのある料理を掴むトングではなかったので、絨毯は汚れずに済んだようだ。

スタッフが新しいトングを用意してくれて、私はもう一度謝ろうとしたのだが、成瀬先生が謝ってくれた。スタッフは一礼して笑顔で去って行く。

「大丈夫か？　洋服は汚れなかったか？」

「はい。ご迷惑おかけしてすみません」

席に着くと成瀬先生は私の洋服を心配しているが、全然汚れてはいない。高級ホテルのブッフェで成瀬先生に恥をかかせてしまったのに、全く嫌な顔もせず対応してくれた。彼女でもないのに、何でこんなにも優しくしてくれるんだろう？

「いや、俺は何も迷惑なんてかけられてない。壮真には申し訳ないが、たくさん美味いものを食べて帰ろう」

成瀬先生の言葉通り、私はローストビーフやビーフシチュー、中華、お寿司などたくさんの種類を少しずつ食べた。どれも美味しくて、壮真にも食べさせてあげたかったな。

食事中は病院のたわいもない話をした。

小休憩をしたあとは、食後のデザートタイム。

私はお腹がはち切れそうなくらいにいっぱいだったが、少し休んだらデザートを食べられそうだったので、紅茶を飲みながらミニフルーツショートケーキと、手作りいちごソースがかかったヨーグルトを食べることにした。

「相川がずっと気になっていることをそろそろ話そうか……」

成瀬先生がコーヒーを飲みながら切り出した。

きっと、月見里教授という方のことだと思う。

「相川は神の手を持つ脳外科医と呼ばれている、月見里教授の娘かもしれないんだ。漢字でつきみさとと書いて、やまなしと読む」

そんなことは亡くなった両親からも聞いたことがない。

亡くなった両親は再婚で、義父と私には血の繋がりはなく、母から私の実の父とは死別したと聞いている。そして壮真の母親である妹は、両親の実の娘だった。

「あの……私は本当に月見里教授という方の娘なんですか？」

恐る恐る口を開く。

「そのことなんだが、確定ではない」

確定ではないのに何故、その話を持ち出したのか？

「月見里教授は、末期癌を患い余命宣告を受けている。自分の出世のために手放してしまった、相川と相川の母のことを今更ながら後悔していた」

成瀬先生は事情が分からない私のために、ゆっくりと順を追って説明を始めた。

「月見里教授は、当時働いていた大学病院の病院長の娘と結婚した」

私は、そのことが私と母を捨てた最大の理由だと知った。

結局は地位と名誉に、目が眩んで結婚したのよね？　そうとしか、考えられない。

実の父親は母を捨ててからもまだ生きていて、死別はしていないということか。

長年信じていたことが崩れ落ちた瞬間だった。

「神の手と呼ばれる前から優秀な脳外科医だった月見里教授は、人々を救うことに全力を注いできた。病院長からオペに使用する最新機器を購入するのと引き換えに、娘との結婚を提示されたらしい。娘と結婚しなければ、地方に飛ばす、とも……。悩んだ挙げ句、最新機器で人々を救いたいという気持ちが勝ち、相川のお母さんとは別れを選んだそうだ」

地位と名誉のために母と私を捨てておきながら、他の人を救えるの？

そこまで他人に感情を動かせる人ならば、母に対しても、もっと何かしらの対応はできなかったのかな？　残念で仕方がない。

「ここからが重要な話なんだが、相川の母は妊娠を伝えずに別れを告げていたんだ」

「え？」

母は妊娠を告げずに去ったのに、どうして月見里教授が私を知ることができたの？

「あの、それって……。月見里教授はどうして、私の存在を知ったんですか？」

「月見里教授の元に、相川の母が未婚で出産したという噂が入ったんだ。それで、ずっと気にはかけていたものの、奥さんと奥さんの実家の手前もあり、公に捜すことはできずに時が過ぎた」

つまり、別れたあとに妊娠が発覚したのか……。

「でも、月見里教授は何故、私と成瀬先生が知り合いだと気付いたんですか？」

「あぁ、それは人づてに月見里教授の元に相川の母が亡くなったという知らせが届いたからだ。そして、その時に娘が居ることを知ったと聞いた」

「そう、でしたか……」

月見里教授は、芳名録に記名がなかったのでお葬式には来なかった気がする。月見里という名字は珍しく、記憶の片隅には残るはずだもの。けれども、時々、お墓に花が添えてある。両親の知り合いの方が供えてくれているのかと思っていたが、もしかしたら、月見里教授だったのかもしれない。

「相川が自分の娘かもしれないと考え、俺を通じてDNA鑑定を依頼してきた。いつでもいいが、なるべく早めに鑑定をお願いできないだろうか?」

余命宣告をされたと言われても、私には全くもって響かない。神の手だか知らないが、今更、何だというのか。もっと早い段階でどうにかならなかったのか。私は鑑定を拒否したい気持ちでいっぱいである。

「会って話をしたいそうだ。相川が実の娘ならば、財産分与もしたいと考えているらしい」

「勝手に母の前から姿を消したくせに、会って話がしたいだなんて虫が良すぎます」

成瀬先生が悪いわけではないのだが、強い口調で返してしまった。月見里教授という人物は母のことを傷つけておきながら、今更どんな顔をして言っているのかを想像するだけでも腹が立つ。

「そう思うのも仕方ないよな。相川も相川の母親も苦労してきたのだから……」

私は急に告げられた実父のことに対して、動揺している。

母をシングルマザーにして苦労させたかもしれない人が、神の手と呼ばれる教授だったなんて。怒りもあるが、自分が医療業界での有名人の娘だなんて信じられない気持ちも湧き上がってくる。

「月見里教授には相川以外の子どもは居ないんだ。本妻にも先立たれている。本人は二人を捨てた罰だと言っているが……」

成瀬先生はしんみりとした顔で言ったが、私は母を傷つけたのだから罰を受けて当然だと思った。お金はあるにこしたことはないが、正直なところ、見ず知らずの人の財産分与なんて受けたくない。

「そうですね。神の手だか何だか知りませんけど、どうせ、周りからもてはやされて高慢になっていたのでしょう？」

私は怒りに任せて嫌な発言をしてしまう。

「そんなことはない。月見里教授はとても謙虚な方で俺もたくさん世話になった。なので月見里教授の望みは叶えたいし、恩返しもしたい。それに、俺は君の両親も救えなかった。だからこそ、君を幸せにする義務がある」

私が不服そうに淡々と言葉を並べたのに対し、成瀬先生は真っ直ぐな瞳でこちらを見ながら返事をした。私は、ふと目を逸らしてしまう。

見つめられたら、逃れられなくなる。だから、私の方を見ないでほしい。

「相川なら、俺の勤務内容も時間帯も理解してくれている。だからこそ、相川に傍に居てほしいんだ」

私は顔を見られたくないので、下を向いている。

成瀬先生の言葉はきちんと聞こえているが、どんな反応したらいいのか分からない。

私の両親を救えなかったとしても、即死に近い状態だったと聞いていたので、成瀬先生のせいでも病院内の誰のせいでもない。あの時は悲しみと不安でいっぱいでどうしようもなくて、ただ泣き崩れるしかなかったから、成瀬先生が気に病むことではない。

「俺は現場で命を繋ぎたい。だけど、君たち二人のことも幸せにしたい」

それに成瀬先生が言っていた、〝幸せにする義務〟とは何？

私は考えてしまう。

両親を助けられなかったお詫びの気持ちと、月見里教授に恩返しをしたいだけで、私に愛情があるわけではないのよね？

壮真のことは可愛がってくれているのでありがたいけれど、私は成瀬先生の偽装結婚の相手なだけ。
それに裏では遊んでいるとの噂が絶えない成瀬先生に、私たちを幸せにできるの？
考えれば考えるほどに、胸の奥がチクチクした。

四、気持ちを伝える

私は成瀬先生から近いうちに一緒に住もうと言われているが、それはまだ渋っている。何故なら、私たちは成瀬先生のご両親から認められていないため。

ワンルームマンションを用意するので、ひとまずはそちらに引っ越すことを成瀬先生に言われたが、それも見送った。いずれは成瀬先生と一緒に住むことになるなら、ワンルームマンションにかかる費用が無駄になってしまうと思い、今のままのアパートに住んでいる。

言われるがまま、成瀬先生に頼まれていたDNA鑑定を受けることにした。

私は月見里教授という方の娘だと言われているが、もしかしたら違う可能性だってある。真実を知るその日を待ちたいと思う。

成瀬先生は以前と変わらず、仕事帰りに度々、私の自宅に寄って夕飯を食べてから帰る。成瀬先生が来る度に、壮真は嬉しくてはしゃいでしまいがちだ。

今日は壮真の大好きなチーズハンバーグにしたのだが、成瀬先生もご飯をおかわりして美味しそうに食べていた。

食後、壮真は成瀬先生から英語のドリルをもらったので、一生懸命に書き取りの練習をしている。ひらがなもだいぶ上手に書けるようになってきて、最近はアルファベットを書くのが好きになったみたい。

「今後のことなんだが……」

食器を片付けている私の背後に成瀬先生が来て、壮真には聞こえないように話し出す。決まってもいないことが壮真の耳に入ることを避けるためだろう。

「そのことなんですが、お聞きしたいことがあります」

私は一旦、手を止めて成瀬先生の方を向いた。

「何だ？」

「成瀬先生自身から、以前にお付き合いしてる方が居ないとお聞きしました。でも病院で働いている方々からは、お付き合いしてる方が居ると聞いています。その方とどうして、ご結婚なさらないのですか？」

今日という今日は、はっきりさせたい。

「付き合っている人など居ない」

否定する成瀬先生だが、私はこの際だから躊躇なく聞いてしまおうと思って、「秘書の今野さんと付き合ってるんですよね？」と訊ねた。

自分とは、利害が一致しただけの契約上の結婚である。心から好きな人が居るならば、その人と結婚してほしいと私は望んでいる。

「今野はただの知り合いだ」

「知り合い？」

「そうだ。今野は、たまたまあの病院に就職しただけで、彼女ではない。前からの知り合いということで話す機会も多いだけだ」

「……そうですか」

私は今野さんがただの知り合いと聞いて、何だかホッとしている。

成瀬先生の『彼女が居ない』という言葉は真実だったから。けれども、あんなに可愛い方なら、成瀬先生にお似合いなのに……とは思っている。私とはタイプが全然違うもの。

「くだらない噂に振り回されてないで、結婚について真面目に考えろ。来月には引っ越しするからな」

成瀬先生は私の発言に対して怒りを覚えたのか、強い口調で返してきた。

どうして、そんなにも私と結婚がしたいのだろう？

偽装結婚のはずなのにな。

「噂といえば、他にも……成瀬先生は女性を取っ替え引っ替えしてるとか、何人とも付き合ってるとか……結婚したら奥さんを蔑ろにするとか言われてますよ？」

「はぁ？　俺が？」

嫌そうな顔をしている成瀬先生だが、こんな噂もあるのだと知っておいてほしい。噂を信じているわけではない。しかし、何故か今になって心がモヤモヤしてしまい、はっきりさせたくなった。

「そうですよ。成瀬先生が、です。そんな噂が広まってるのはご存知なかったですか？」

「……ない」

溜め息を吐き、呆れている成瀬先生。私は成瀬先生がそんな人ではないことを知っているつもりだが、ここに居る優しくて誠実な彼こそが裏の顔かもしれないし、それは本人にしか分からない。

「とにかく、病院内の誰とも付き合ったこともない。それに救急医は他の医局よりも忙しいのは相川だって知ってるだろ？　奥さん以外にうつつを抜かす時間なんてない」

〝奥さん〟という響きに心が跳ねて、ドキッとしてしまう。

「……忙しいのは知ってますけど」

「なら、何だ？　ヤキモチか？」

成瀬先生は私のことを見下ろしながら、挑発してきた。真っ直ぐに私の瞳を見てくる。

「え？　……そんなことないです」

私は思わず、成瀬先生から視線を外してしまった。こんなにも接近されたのは初めてで、ドキドキと胸が高鳴り始めた。

「相川がヤキモチを焼くように、適当な誰かと付き合った方がいいのか？　俺は相川が思っているよりも一途だし、モテないぞ」

成瀬先生は、自分がどんなにモテているかを全く知らないらしい。

「俺のことを気に入らない奴らはごまんと居る。だからこそ、そんなくだらない噂を立てて、隙あらば潰したいだけだ。相川はそんな噂に振り回されないで、俺のことだけ見てろ」

〝俺のことだけ見てろ〟

何故、好きでもない私なんかに、そんなことを言うのか理解できない。それに、自分を嫌っている人たちが流した噂だと成瀬先生が思っていることに驚いた。

成瀬先生ってもしかすると……？

私以上に、恋愛経験値がないとか？

「あー、きーちゃんと成瀬先生、いちゃいちゃしてるー！」

英語のドリルを持ちながら、にこにこして近付いて来た壮真に不意打ちでそんなことを言われて、私の顔は真っ赤に染まっていく。

恥ずかしい……！

決して、いちゃいちゃなんてしていないのに、壮真の発言もあってか、より一層に意識してしまう。

私は一体、どうしたっていうんだろう？　まるで、成瀬先生のことを好きみたいだ。

「壮真、見せてみろ。上手に書けたか？」

「うん、書けたよ。僕、お勉強は楽しいから大好き」

成瀬先生は壮真をヒョイッと軽々と持ち上げて移動すると、畳の上に座ってドリルを確認し始めた。

「全部、上手に書けてるな。百点をつけよう」

「成瀬先生、花まるも書いて。保育園の先生はおっきいの書いてくれるんだよ」

「そうか。じゃあ、大きい花まるをつけよう」

壮真は嬉しそうに、きゃっきゃっとはしゃいでいる。成瀬先生が百点と大きい花まるの二つをつけてくれたようで、壮真は喜びながら見せに来た。

「偉いでしょ。ちゃんとできたんだよ」

「うん、上手だね。壮真は頑張り屋さんだね」

私はゆっくりと壮真の頭を撫でた。

「壮真ー！　今度、きーちゃんと成瀬先生は結婚するんだぞ。許してくれるか？」

成瀬先生は背後から、壮真のことをぎゅうっと抱きしめる。

私は、成瀬先生の咄嗟の発言に返す言葉も出なかった。

「えー！　そうなの？　きーちゃんはお嫁さんになるの？　すごいねぇ」

「そうだぞ。壮真と三人で一緒に暮らそうな」

壮真が目をキラキラと輝かせながら、私のことを見上げる。

「ちょ、ちょっと、成瀬先生……！　まだ決まってないのに！」

決定したわけではないのに、壮真に伝えられたら困ってしまう。壮真は成瀬先生が大好きだから、鵜呑みにしてしまうもの。

「決まってなかったのは、くだらない噂に相川が振り回されていたからだ。だから、今決めた」

成瀬先生は言い逃げみたいに、「明日早いから今日は帰ることにする。ごちそうさま。壮真、またなー！」と言って手を振り、リュックを背負って帰って行った。

「きーちゃん、おめでとう。僕、きーちゃんも成瀬先生も大好きだから、一緒のお家に住むのが楽しみだよ」

壮真はにこにこ顔で私を見ている。

これは、〝偽装結婚〟だとも言えずに、私は壮真をそっと抱きしめた。

成瀬先生の病院内での噂は、本当に噂に過ぎないのかもしれない。彼に憧れていた女性たちが次々に付き合っていると嘘を言いふらしたのか、振られた腹いせに言いふらしたのかは分からない。ただ、私が思う成瀬先生は、誠実な人だと思う。

壮真を可愛がっているとはいえ、疲れているのにかかわらずに頻繁に会いに来てくれる。こんな地味で何の取り柄もない私と偽装結婚までして、成瀬先生が手に入れたいものは何なのだろうか？

次々と持ち込まれるお見合い話を回避したいだけではない、他の理由が絶対にあるはずだ。私は成瀬先生の手に入れたいものを探り当てたい。

＊＊＊

相川は自分のことをどう思っているのだろうか？

自分に懐いてくれる壮真にも会いたくて通っているのは確かだが、決してそれだけではない。

正直、早く帰ってベッドで眠りたい時もあるが、そんな時でも二人に会わずにはいられないんだ。つい、フラフラと立ち寄ってしまう。

そんな生活を繰り返していたさなか、ついに失態を演じてしまった。

壮真にせがまれて絵本を読みながら寝かしつけていたら、自分も朝までぐっすり眠っていたらしい。

起きた途端に味噌汁の良い香りが鼻を掠めた。

「成瀬先生……！　起ーきーてっ！」

背中に小さな手を当てて、壮真に身体をゆさゆさと揺さぶられる。

「……今、何時だ？」

「七時だよ」

壮真を寝かしつけたのは二十一時半くらいだったか。それからの記憶がない。……ということは、壮真と共に寝てしまったらしい。

今日は非番だからよかったものの、相川はどこで寝たのだろうか？　確か、この家には布団が一組しかないと聞いている。

「おはよう。相川、ごめん。うっかり寝てしまって……。相川はどこで寝たんだ？」

「おはようございます。私は成瀬先生とは反対側の壮真の横で寝ましたよ。壮真のお昼寝用の長座布団があるので、それを使いましたから気にしないでください」

さすがに畳の上で寝るのは背中が痛くなるため、布団の代わりになるものがあったならよかった。いつもは一人で寝ているから、雑魚寝みたいでいいかも。一緒に暮らし始めたら、三人で川の字になって寝てみたい。

「今日は休みだから、気が緩んでついうっかりして寝てしまった」

相川家に来ると、どうも調子が狂う。病院内での張り詰めた糸が切れてしまうみたいに、気が緩んでしまうんだ。

「成瀬先生、お休みなの？　病院行かないの？」

壮真は傍に立ちながら、俺の顔をじっと見ている。

「行かないよ。電話がきたら行くかもしれないけど……」

「そっか。お仕事だから、仕方ないよね」

急にしゅんとした壮真は、肩を落としてとぼとぼとキッチンに歩いて行く。もしかしたら、俺と遊びたかったのか？

「壮真！　先生と動物園行くか？」

俺は布団を畳んでから、壮真の隣に座って話しかける。

「成瀬先生、病院大丈夫なの？」

「きっと、大丈夫。でも行かなきゃいけなくなったらごめんな。それまでは遊ぼう」

「うん！　動物園でペンギンさん見たり、うさぎさん抱っこしたい！」

暗い顔をしていた壮真の顔が急に明るくなり、にこにこ笑顔になる。今日は知り合いの不動産屋にも行こうとは思っていた。壮真も連れて行けばいいか……。

「成瀬先生！　壮真を甘やかさないでください。壮真、ご飯食べたら保育園に行こう」

相川はできあがったばかりの朝食をテーブルに並べていく。

「嫌！　成瀬先生と遊びたい」

壮真は珍しく、自分の意見を曲げない。

「先生だって疲れてるんだよ。それにいつも遊んでもらってるでしょ？」

「相川、俺は大丈夫だか……」

「大丈夫じゃないですよ。病院に寝泊まりしてばかりで、寝不足でしょうし……一日ゆっくりできるならしてください」

俺の言葉を遮ってまで、相川は身体のことを気遣ってくれている。俺の身体は病院のシフトに慣れているので、心配することはない。

「やーだ！　成瀬先生と一緒に動物園行きたい、もん……！」

壮真は急に泣き出した。こんなにも泣いている壮真を初めて見たので驚いたが、これが本来の子どもらしい姿なのでは？　いつもはお利口さんだから、今日くらいはわがまま言ってもいいじゃないか。

「壮真、きーちゃんは放っておいて、男同士で動物園行こうな」

「うん！　行く！」

俺はティッシュを取り、壮真の涙と鼻水を拭いたあとに頭をガシガシと撫でる。壮真はすっかり泣きやんで笑顔を取り戻した。

「もうっ！　成瀬先生は勝手ばかりで困ります！」

相川は怒りながらも、保育園に休みの電話を入れている。

「万が一、途中で病院から電話がきた時は実家で見てもらうから。心配するな」

「分かりました。ありがとうございます」

俺と壮真を説得するのは難しいと判断して、相川は溜め息を吐きながらも微笑みを浮かべる。

「仕事の休みは不安定なので仕方のないことですが、もっと早く分かっていればお弁当も用意できたのに……」

相川は自分のお弁当の蓋を閉めながら、ボソッと呟く。

「お弁当は三人で行く時にお願いするから」

「僕も三人で行きたい！」

「三人でも行こうな」

「うん！」

壮真は相川のことが大好きで、三人でも行ける日を楽しみにしている。相川は何も発さないが、同じく楽しみにしていることを願う。

壮真から見た俺の存在は、一体どんな感じなのだろうか？

病院の先生という感覚よりも、現在は遊んでくれる親戚のお兄さんやおじさんみたいなものか。父親だと思ってはいないだろうが、どことなく相川の両親と重ねている部分もあるのかもしれない。

壮真は赤ちゃんの頃から相川家に預けられているから、実の両親の存在は忘れているというか、知らないに等しいだろう。

自分は相川の両親の子どもだと思っているが、いずれは真実を知る日がくるだろう。相川は実の子どもではない壮真のことを多大な愛情をかけて育てている。なので、もう少し大きくなってから真実を知ったとしても、きっと相川との関係は良好のままだと信じたい。

真実を知らないにしても何かしらを感じ取っていて、壮真は遠慮している部分もある。なので、たまには今日みたいにわがままを言われるのもいいものだ。これからも壮真のことを相川と一緒に守りたいと思う。

「成瀬先生、朝ご飯を早く食べちゃってくださいね！　片付けちゃいますよ！」

「きーちゃん、怒りん坊虫になってきたから早く食べてね。僕は動物園に行く用意して来るからね」

壮真はそんな冗談を言いながら、笑っている。

「私は怒りん坊虫じゃないからね。壮真もおしゃべりしないで食べたら片付けてね」

「はぁい！」

キッチンからはピリピリしている相川の声が聞こえた。壮真は椅子から下りて、自分の食べ終わった食器を片付けてからそそくさと居なくなってしまった。

今日の相川はやはりご機嫌斜めのようで、俺に対してのイラつき度が高い。

「相川くらいしか、俺に対して指図する人は居ない。病院のスタッフが知ったら驚くだろうな」

俺はおかしくなって、クスクスと笑い出した。

「成瀬先生、そんなこと言ってるとこの家に来ても、もうご飯食べさせませんよ？」

「はいはい、ごめんなさい」

相川に思いっきり睨まれた。普段はしれっとしている感じがするが、自宅では相川の喜怒哀楽が見られて嬉しい。

「さっきから一人で笑ってますが、何がおかしいんですか？」

「いや、ちょっと、な……」

俺が笑っている理由を話したら、もっと怒ってしまうかもしれないのでやめておこう。

相川は俺に素直に感情をぶつけてくるので可愛く思える。

病院内の女性は、勝ち気なドクターか、男に頼りたい小動物系の看護師や事務員がほとんどの気がしているが、相川はそのどちらでもない。

自立していて男には頼りたくない派なのに、どこか守ってあげたくなる。普段はあまり笑わないのだが、時折見せる心からの笑顔も可愛い。虚勢を張って生きている分、壮真と同じように、たまには肩の力を抜いてほしい。そのためには、俺が相川にしてあげられることがあると思う。それは相川の金銭的な負担を減らすことだけではなく、幸せにもできたらいいなと考えている。

「成瀬先生、僕、出かける準備できたよ。あのね、きーちゃんを病院に送ってから動物園に行きたいんだけど……」

「そうだな。そうしよう」

「やったー！」

朝食を食べ終わる頃に壮真がリュックを背負いながら、俺の近くまで来た。

「ちょっと……！ 送ってもらうのはお断りします。だって、誰かに見られたら……！」

「分かった。じゃあ、途中までなら大丈夫だろ」

「本当に途中までですからね！」

少しだけ焦っている様子で、相川が水筒を持ちながら話に交ざってくる。俺は誰に見られても構わないけれど、相川が気にするならば見つからないようにしよう。

「壮真、邪魔しないように病院の近くまでにしような。じゃないと、また怒りん坊虫のきーちゃんになっちゃうからな」

「うん！ 分かった」

相川には聞こえないように、壮真の耳元で小声で伝えた。「もう、コソコソ話してる」と相川に見つかってしまったが、壮真と顔を見合わせて笑ってしまった。

相川の準備ができたら三人で自宅を出て、徒歩で病院の近くまで送ってから動物園に向かった。壮真は俺の手をぎゅっと握り、周りからは実の親子みたいに見えるだろう。

「成瀬先生もうさぎさん、なでなでして。可愛いよ」

動物園を一回りして昼食も園内で済ませた。出口付近に動物との触れあいコーナーがあり、壮真と立ち寄っている。

「あっ、逃げちゃった。うさぎは壮真の方が好きなんだな」

「僕もうさぎさん、大好き。次はモルモット抱っこしたい」

俺はうさぎに避けられて触ることもできなかった。

壮真は次にモルモットを抱っこしている。ずっと、『可愛いね』と言ってにこにこしている壮真。

動物が大好きな壮真は触れあいコーナーから離れようとせず、長い間滞在していた。餌をあげたり、抱っこしたりして満足した壮真は終始、笑顔のまま。触れあいコーナーから出る時には、手を綺麗に洗った。

「次は先生が行きたい場所に行ってもいいか？」

「うん、いいよ。どこなの？」

動物園の出口から駅までの道のりに次の行き先を話す。すると、壮真はきょとんとしながら訊ねてきた。

「壮真ときーちゃんと三人で住む部屋を探したいんだ。ついて来てくれるか？」

「わぁ、本当に成瀬先生と一緒に住むの？　楽しみだねぇ」

壮真が、わくわくしているのが見ているだけでも感じ取れる。

「小学生になった時のために、壮真の部屋も用意しなきゃな」

「そうなの？　僕のお部屋あるの？」

「あるよ。どんなお部屋があるか見に行こうな」

壮真は目を輝かせながら、「ランドセル置くとこと机もあるといいな」と話している。一緒に住むことになれば、壮真の望むことは何でも叶えよう。

頭の良い子だから、塾に行きたいと希望すれば通わせるし、他にやりたいことがあれば思う存分にしてほしい。相川も同じで、遠慮なく好きなことを満喫してほしい。

俺は二人のために、もちろん自分のためにも、〝家族〟として住む家を探したいんだ。相川にはまだ話していないのでまた怒られてしまうかもしれないが……。

今までは仕事が忙しく自分の幸せなんて二の次だったが、これからは俺自身も幸せを見つけたい。

相川の自宅にお邪魔するようになってから、俺は家族の幸せというものに興味が湧いている。

壮真が可愛いのはもちろんだが、相川のことも可愛く思っている。

相川が俺の分も夕食を残しておいてくれたりとか、入院していた時よりもよく笑うようになったことで、本気で愛したいと思い始めた。

今後は、相川と壮真との出会いに感謝して過ごしていきたい。そのためにまず、基盤から築いていくことにする。

＊＊＊

成瀬先生と壮真が動物園から帰って来て、私にプレゼントがあると言われた。

キッチンの椅子に座った二人に冷たいお茶を出した。

プレゼントは一体何だろう？　動物園のお土産かな？

「パンダさんのぬいぐるみと……。こっちはきーちゃんへのお土産ね」

壮真はリュックの中身をキッチンのテーブルの上に次々と出していく。

やっぱり、動物園のお土産だった。

「ありがとう！　もふもふですごく可愛いね」

私は、壮真から手渡されたお土産のパンダのぬいぐるみキーホルダーをぎゅっと抱きしめる。

もふもふで温かみのある、キーホルダーを大切に使いたい。

「お菓子もあるよ。クリームのおまんじゅう」

色んな動物が焼き印されている、ふわふわのお菓子。壮真が言っているクリームとはカスタードだ。見た目も可愛い。

「晩ご飯食べたらいただこうね。成瀬先生、ありがとうございます」

お菓子は冷やすと美味しいと書いてあるので、冷蔵庫に箱のまま入れる。食後までに冷えているだろう。食べるのが楽しみだ。

「お土産だけがプレゼントじゃないんだ。なぁ、壮真」

「ねー、成瀬先生」

二人は顔を見合わせて、にこにこしている。

私は動物園のお土産だけでも嬉しいのに、この他にもあるなんて！

二人とも、もったいぶっているから、きっと想像できないものに違いない。けれども、そのプレゼントが私の予想を超えていたと次の瞬間に気付くことになる。

「はい、どれがいい？」

成瀬先生はいつものリュックからクリアファイルを取り出して、その中に挟んであった用紙を見せてくる。

「え？　何ですか、これ？」

見せられた用紙に記載されていたのは、想像していなかったものだ。

「三人で住むことになる物件だよ。なるべく病院から近い方がいいと思って、壮真と見て来た」

用紙は三枚あり、二つは高級マンション、一つは低層階レジデンスとある。今住んでいるアパートとは違い、賃貸料が高額すぎる。

嬉しい感情はなく、用紙を目にしただけで、ただひたすらに驚いてしまっている。

「いずれはマンションを購入するか、家を建ててもいいとは思ってるんだ。でも、いい物件が見つかるまで、とりあえずは賃貸にしたい」

成瀬先生とまだ正式な結婚をすると、決まってはいない。

引っ越すまでの期間に壮真と一緒にワンルームマンションに住んだら？と提案もされたが、それも断っている。それなのに何故、成瀬先生は強引に決めようとしているのだろう。

私は驚きすぎて、何も言葉にできない。

成瀬先生は私と壮真と一緒に住んで、何かメリットがあるの？

結婚相手が私だと周囲に知られたら、ご両親と同じような反応をされるのでは？

成瀬先生のメリットといえば、帰って来たらすぐに温かいご飯が食べられるだけで、その他は何もないはず。

「壮真は低層階レジデンスがいいそうだ」

「僕ね、大きいお家に憧れてるの。でも、あんまり高いところにあるお家は、下を見ると怖いよ」

壮真が喜ぶなら……と思うけれど、感情がついていけない。涙がポロリと頬を伝う。

どうしよう？　私はどうしたらいいのか分からない。

「きーちゃん、どうしたの？　このお家、どれも嫌い？」

壮真が心配そうに訊ねてくる。

「ううん、そうじゃないの。ただ、どうしたらいいのか分からないの」

成瀬先生の気持ちも分からない。

偽装結婚なのだから、成瀬先生が用意してくれた厚意を素直に受け取ればいいのにできない。

胸が切なくて苦しい。

偽装結婚をしてしまったら、一生苦しいままで過ごすことになりそうだ。

愛されてなどいないのに優しくされて、頭がおかしくなりそう。

「相川……。ごめん、相川が結婚に煮えきらないからって強引すぎたよな。でも、俺は相川と壮真と三人で一刻も早く暮らしたいんだ」

「僕も三人で暮らしたいの。きっと楽しいよ。ね？」

成瀬先生が一刻も早く暮らしたいのも理解できない。

やはり、偽装結婚をすることによって彼にとってのメリットがあるのかな。

私は成瀬先生のことなんて好きでも何でもない。

私たちはギブアンドテイクの関係だったはず。

それなのに私たちの結婚が、見せかけだと考えると胸が苦しくなる。

「新居の件は分かりました。でも、成瀬先生のご両親の許しを得てからじゃなきゃ駄目です」

私は頬の涙を右手の指で拭って、自分の意見をはっきりと伝えた。

「許しを得られれば、いいんだな？　分かった。じゃあ、壮真が気に入ってる物件にしようか」

成瀬先生は自信たっぷりに言い放ち、ニヤッと笑った。壮真も感情が昂っている。

「一度、予定を合わせて内覧をしよう」

「はい。成瀬先生の都合に合わせます」

私は成瀬先生の強引さに負けて、内覧の約束もした。

偽装結婚も引き返せないところまできている。覚悟を決めなくては――。


成瀬先生のご両親に再び会う日。

私はご両親がお気に入りの老舗和菓子店の羊羹セットを手土産にして、成瀬家に足を踏み入れる。

「壮真君、こんにちは。また遊びに来てくれて嬉しいよ」

「こんにちは。お邪魔します」

壮真のことを玄関先で待っててくれていた成瀬先生のご両親。壮真を真ん中に挟んで、ご両親はそれぞれの手を繋いで奥の客間に入って行く。

「壮真君はとても礼儀正しいのよ。こんなに立派に育っているんだもの。相川さんの愛情のおかげね」

成瀬先生のお母さんは座椅子に座ると優しい笑みを浮かべる。この間とは違った穏やかな雰囲気で私も安心する。

壮真が、「これは羊羹です。食べてください」と言って紙袋から取り出して手渡す。前回と同じ、成瀬先生のご両親が好きな羊羹のセットを壮真が手渡ししたことによって、更に喜ばれた。

「壮真君、ケーキ食べようね。りんごジュースでいいかしら?」

「ありがとうございます。僕、りんごジュース大好き」

成瀬先生のお母さんは、お手伝いさんに『とびきり美味しい』と付け足して、りんごジュースをお願いした。

「壮真君、おいで。真ん中に座って食べて」

成瀬先生のお父さんもにこにこ笑顔で壮真を真ん中に座らせて、頭を撫でてくれる。

「今日はおもちちゃん、居ないのかな? 僕、おもちちゃんにも会いたいの」

ケーキと飲み物が出揃ったが、壮真はきょろきょろと周りを見渡していた。ポメラニアンのおもちちゃんを探しているみたいだ。

「おもちか。あっちに居るから、ケーキ食べたら一緒に行こうか」

「うん！　おもちゃんと遊びたい！」

話によると、客間には犬アレルギーの方も来るかもしれないので、おもちちゃんは絶対に入れないらしい。

成瀬先生とご両親、それからお手伝いさんがおもちちゃんと遊んだら、客間に入る前にクリーナーでペットの毛を取る。

おもちちゃんは成瀬先生のお父さんが飼い始めて、対策はしっかりしていると聞いた。

「話し合いは母さんに一任する。結仁、母さんの言葉が私の結論だ」

「はい、分かりました」

ケーキを食べ終えると成瀬先生のお父さんはそう言い残し、壮真と手を繋いで客間から出て行った。

「みんなが来てくれたから、賑やかで嬉しいわ。ほら、うちは一人息子だから、結仁が大きくなってからは静まり返っていたのよね」

成瀬先生のお母さんは、うふふと笑った。

「壮真君が居ないから話すけど……、相川さんは月見里教授の娘かもしれないと聞いたものの、近くにはご親戚も居ないし、ましてや妹さんの子を育ててるなんて、体力的にも金銭的にも心配だったの」

そうだよね。私も総合病院の跡取り息子である成瀬先生のお母さんの立場ならば、絶対にそう思うもの。

「だけどね、壮真君を見て思った。こんなに挨拶もできるし、優しくて良い子に育てられているのだから、相川さんも素敵な女性だと思うの。絶対にいい母親になるわ」

この間伺った時とは違う対応に驚く。

月見里教授のことなど関係なく、成瀬先生のお母さんは私を一人の人間として評価してくださっている。

嬉しくて涙が出そうだ。

「この間は、意地悪言ってごめんなさいね。私は相川さんが憎くて、ああ言ったんじゃないのよ。ただ、大病院を経営する家にお嫁に来るってことは大変だから……」

大変だということは、何となく分かる気がする。

ドラマでも、大病院の教授の奥さんは大変そうだから。

「相川は芯のあるしっかりとした女性だ。だからこそ、月見里教授のことは関係なく結婚したいと思ってる」

「そうね……。月見里教授の娘さんじゃなくても、相川さんは相川さんじゃない。どうそ、安心してお嫁さんに来てください。よろしくお願いします」

成瀬先生のお母さんはその場で深々と頭を下げた。成瀬先生も援護してくれて、結婚話がまとまりそうだ。

けれども、何故、急に私を受け入れてくれるのだろうか？

「お父さんもね、月見里教授と連絡を取って本人の口から真実を告げられたと言ってた。鑑定結果はまだ出ないけど、相川さんのお母さんのことも聞いたみたいだからほぼ確実ね」

私も座ったまま、深々とお辞儀をした。

本当に結婚を前提に交際しているならば、もう少し喜ぶべきシーンだろう。しかし、私自身を認めてくれたことは嬉しいが、結婚に関しての感情は全くない。なので、お礼を言うだけに留まった。

やはり月見里教授の娘だから、私を受け入れたということだよね？

分かってはいたけれど、人柄よりも月見里教授の方が影響力があるだなんて、少しだけ悲しい気持ちになる。

「お父さんも心配してたのよ。ここからは私の昔話になっちゃうけど聞いてくれる？」

「はい」

成瀬先生のお母さんは何やら、私に話したいことがあるようだ。

「私も大学病院の経営者の娘でも、裕福な家庭の出でもないの。普通のサラリーマンの娘。恋愛結婚だけど、当初は反対されてね。特に成瀬家からは反対され続けた。ほら、ドラマみたいに大病院には家柄や血の繋がりがどうたら、とかあるのよ。まぁ、ただの見えなんだけどね。普通のサラリーマンの娘だったから、親戚や病院関係の人たちに家柄を聞かれては、コソコソ言われてたの。だから、相川さんのことも心配で……。病院の跡取り息子の奥さんになる覚悟があるのかどうか試すために、つい意地悪を言ってしまってごめんなさい」

なるほど、そういうことだったのね。

「いえ、そんなことは……」

私は、ご両親に試されていたんだと知った。

病院のスタッフとはいえ、見ず知らずの家の子どもを成瀬先生の声かけ一つで預かってくれたから、絶対に優しい人たちだとは思っていた。

私のためを思って試したならば、意地悪だとは思わない。それに私自身も家柄については、断られる要素の一つだと思っていたから。

「無理矢理にお父さんが婚姻届を出したら、義理のお母さんが激怒しちゃって、同居することになったけど、しばらくは犬猿の仲だったわ」

犬猿の仲って……。

どれだけ、すごい日々だったのかを想像するけれど、私には耐えられそうもない。

「私、保育士の資格があって子どもも大好きなの。でも、料理はできないから義理のお母さんと毎日、口論になって。だから、料理が上手なお手伝いさんを頼んだの」

成瀬先生が以前、お母さんは料理が得意じゃないって言っていた気がする。本当だったのか……。でも、まぁ、人によって不得意なものはある。女性の器量は料理だけではないが、今の世の中と違って少し前の時代は大変だったんだろうなぁ。

一連の話の流れから、成瀬先生のご両親は、実の父が月見里教授の娘だという確信があれば、私が跡取り息子の奥さんとして辛い立場にならずに生活できると思ったのだろう。そこまで考えてくれるのは、本当にありがたい。

「相川さんは大学卒業後からずっとうちの病院で働いてくれてるのよね。ありがとうございます。それでね、結婚したら是非手伝ってほしいことがあって……」

「何でしょうか？」

成瀬先生は自分の母親の話を黙って聞いている。

私に手伝えることなど、あるのだろうか？

「成瀬総合病院内に保育園を作ろうと思うの。立ち上げには色々と大変なこともあるけど、総務課にいるなら、事務関係をお願いできないかしら?」

「事務なら、お手伝いできるかと思いますが……」

「長年の夢がもう少しで叶いそうなの。念願の園長先生になって、子どもたちと過ごせるの」

成瀬先生のお母さんの瞳は、まるで希望を持った少女のようにキラキラと輝いて見える。

話を聞いていくと、成瀬先生のお母さんは、義理のお母さん(成瀬先生の祖母)に結婚するなら保育園を退職しなさいと命じられたそうだ。

子どもの頃からの夢が叶ったと思ったのも束の間、結婚と同時に保育園を辞めざるを得なかったらしい。

「私の夢に協力してくれたら嬉しいわ」

「母さん、相川のこと、ばーさんがしたみたいに虐めるなよ」

成瀬先生は実の母親に対して、酷い返しである。

「あら、そんなことしないわ。相川さんのことをお断りしようとしたのは、一般人の私が成瀬家に嫁いで苦労したから心配だっただけなの。教授の奥様会とか未だに苦手なのよ」

クスクスと笑って、「内緒ね」と言いながら、右手の人差し指を唇の前に立てた成瀬先生のお母さん。

「仲良くしましょうね、相川さん」

「ほら、それが怖いんだよ」

「まったく……酷い息子ね」

成瀬先生のくだけた感じに心地好さを感じる。

偽装結婚だとしても、成瀬先生のご両親はとても優しく素敵な方々なので、上手くやっていけたらいいな。

結婚を認めてもらったけれど、私もボロを出さないようにしなくては。

私と成瀬先生の間に愛がないとバレてはいけないから。

成瀬先生のご両親にも許しを得て、結婚話を進めることになった。

月見里教授の娘かどうかは今となれば関係はないのだが、親戚や関係者に結婚報告をするにも真実ははっきりさせておいた方が良いとのことで、ＤＮＡ鑑定の結果を待っている。

成瀬先生に新居の話は保留とお願いしたのにもかかわらず、既に用意されていた。

新居は壮真が気に入ったという、病院近くの低層階レジデンスだ。

内覧は成瀬先生の都合が合わず、壮真と二人で行くことにした。見ただけでもオシャレな空間に、私は心を躍らせてしまう。

私と壮真はとても気に入り、近いうちに引っ越しをすることになった。

引っ越し準備をしている間に季節は秋になり、過ごしやすい気候になる。

私は結婚に対して複雑な気持ちを抱えたままだが、壮真に決定した引っ越しの日時を伝えると喜んで、はしゃいでいた。

成瀬先生は合間を見て引っ越し準備をして、私と壮真は土日を利用して準備をする。

私たち三人とも、九月最後の土曜日に引っ越しをして、翌日の日曜日に成瀬先生が購入してくれたベッドなどの家具が運ばれてきた。

この二日間は部屋が片付いていなく、皆でリビングにあるソファーベッドを使用することになり、引っ越しで疲れた壮真はゴロゴロ転がっているうちに寝てしまった。

週明けの月曜日、私は有休を取得した。壮真は保育園に行って不在なので、私は一人きり。

昨日に届くはずだったドラム式洗濯機が手違いで今日の配送になるらしく、私は片付けをしながら待っている。

大きな家具は引っ越し業者が所定位置に置いてくれたのだが、衣類などの細かい荷物整理が終わらない。……といっても、最低限のものしか置かない生活をしていたので、それほど時間はかからないのかもしれないけれど。

「ただいまー」

玄関先から声がしたと思ったら、成瀬先生が急に帰宅した。

「え？　成瀬先生？　帰りが早いんですね」

「ヘルプの時は電話がくることになっている」

「お疲れ様です。お昼は食べてないですよね？　すぐに用意しますね」

片付けに夢中になっていたら、いつの間にか午後になっていた。成瀬先生が早めに帰宅したから驚いてしまう。

昨日までは壮真が居たから違和感はなかったけれど、広い部屋に二人きりって何だか変な気分。

今日で引っ越ししてから三日目になるけれど、心は落ち着かないままだ。

「待って、渡したいものがある」

「え?」

キッチンに向かおうとしたら、急に腕を掴まれた。

「偽装結婚だが、形式だけはきちんとしておく」

私を呼び止め、成瀬先生はポケットから小さな箱を取り出した。

「相川清良さん、俺と結婚してください」

成瀬先生はプロポーズの言葉を口にして、私の左手の薬指に指輪を嵌めた。

形だけの結婚なのに、婚約指輪が必要なの?と思う。でも、偽装にしても何にしても成瀬総合病院の跡取り息子の結婚なのだから、婚約指輪もないのは変に思われるよね。けれど、この婚約指輪に愛は込められていない。成瀬先生が言うように、〝形式〟だけ。

本来なら幸せいっぱいの女性が受け取るものでしょう?

私は愛のない結婚をするのだと実感して、涙が溢れてしまう。

「嬉し涙なのか、結婚が嫌で泣いてるのか、どちらなんだ?」

私は唇を噛みしめて、涙がフローリングに落ちないように堪える。

成瀬先生に問われたが、「さぁ? どちらでしょうね」と答えた。

私、成瀬先生のことが好きになっているのかもしれない。いつも胸が苦しくて切なくなったのは、この人のせいだと確信する。

「成瀬先生は、胸が苦しくなった時はありますか？」

「突然どうした？」

「私は……、指輪を嵌めたことによって、苦しくなりました」

嵌められた婚約指輪は私にとって、悲しみでしかない。

結婚したことにより、ドラマのように愛人を作って、他の誰かの元に去ってしまうかもしれない。そう思うと負の感情が溢れて止まらなくなる。

愛のない結婚は嫌だ。でも愛がないのはこの人だけで、自分は惹かれてしまっているという葛藤があり、涙が出てしまった。

「相川……」

成瀬先生は不意に私のことを優しく抱きしめてきた。初めて成瀬先生に抱きしめられて、手のやり場に困ってしまう。

「苦しくなるなんて、言うな。どうしてそんなことを言うんだ？」

成瀬先生は抱きしめている腕を離して、私を見下ろす。

「成瀬先生……が、どこか、遠くに行ってしまいそうで……」

私の目からは、涙が止まらなくなる。

「俺が？　何故、そう思うんだ？」

成瀬先生は驚いた顔をしながら、私に問いかけた。

「偽装結婚だから、お見合いの心配をする必要がなくなった成瀬先生は、他の女性のところに行ってしまったり、愛人を作るかもしれないって思うから……」

「他の誰かなんて居ないから、それは絶対にない。相川はそんな心配をしてるのか？　可愛い奴だな」

ふふっと笑みを浮かべて私の涙を右手の人差し指で拭った成瀬先生は、再び抱きしめてくる。

「近いうちに正式に夫婦になるのだから、触れられることにも慣れろ」

「え……？　んっ」

成瀬先生の顔が近付いてきたと思った瞬間、私の唇に柔らかい感触がした。半ば強引に唇を奪われたのだ。

成瀬先生は私のことなどお構いなく、額や頬や首筋にもキスを落としていく。次第に鼓動が速くなる。

「んっ……！」

首筋に触れるだけのキスを落とされた時、私の身体がビクッと縮こまってしまう。

「さっきから初々しい反応だな。経験がないのか？」

目を合わせながら聞いてくる成瀬先生から、私は顔を横に向けて視線を外す。

恥ずかしくて、顔から火が出そうなくらいに熱くなった。

「な、ないわけではありませんが、……いや、ないに等しいです」

キスはしたことがあるけれど、触れるだけの軽いもの。成瀬先生みたいに強引にしてきたのではなく、自然と重なったみたいな感じのキス。

「いずれは跡継ぎも産んでもらうことになる。初めてが俺で嫌かもしれないが……」

そう言うと成瀬先生は密着していた身体を離す。

初めてのキスがこんなに強引に奪われた上に、跡継ぎ問題？　それって、初夜もあるということ？

私は頬に涙の痕を残しながら、そんなことを考えてしまう。

「偽装結婚なのに跡継ぎなんて……。やっぱり、結婚なんてやめにしたいです！　愛のない結婚は辛いだけだから……！　生まれてくるかもしれない赤ちゃんだって可哀想！」

結婚をしていない今なら、まだ後戻りできるかもしれないと言い返してしまった。

「少なくとも俺自身は、愛のない結婚とは思っていない」

「え、どういう意味ですか？」

私は成瀬先生の言葉に驚いた。ずっと、愛のない偽装結婚だと思っていたから。

「教授に頼まれて、相川のことを調べたり見ているうちに、健気で可愛いと思うようになった」

「それって、月見里教授に頼まれたから、親切にしてくれたってことですか？」

私は間髪入れずに聞いた。

「いや、そうじゃない。頼まれたから親切にしたわけでない。偶然にも相川が倒れて、更に縁ができた。気がつけば君から目が離せなくなり、ずっと目で追ってしまう存在になった。その時から、もっと知りたいと思ってしまったから……」

高身長の成瀬先生に見下ろされているが、私は俯いたままで話を聞く。

「食事を共にしていたのも、壮真と遊びたかったからだけではなく、相川にもっと近付きたかったからだ」

「……でも、さっきも形式だけって」

「相川の気持ちが分からないから試すような言葉を使っただけだ。けど、相川の気持ちは分からないままだな」

私の気持ち？

「私の正直な気持ちを言います」

この際だから、色々とはっきりさせておきたい。

「どうぞ。長くなりそうだから、ソファーに座って話をしようか」

「え、ちょ、ちょっと……！」

私はいきなり、ヒョイッと抱き上げられてソファーまで連れて行かれる。

「お、下ろしてください！」

「嫌だ」

何故か、成瀬先生の膝の上にちょこんと座らされて、背後からホールドされてしまった、成瀬先生の両腕がお腹の前でクロスしているので、身動きがとれない。

「はい、俺に話したいことがあるんでしょ？」

「ありますけど、この体勢では無理……」

「もうじき結婚もするんだ。せっかくの二人きりなんだから、いいだろ？」

突然の密着に心拍数が上がっている。成瀬先生に聞こえるくらい、胸の鼓動のドキドキがうるさい。

「私……、成瀬先生のことが好きかどうかよく分からないんです」

「うん、それでもいいよ。時間をかけて好きになってくれれば」

「一生、好きにならなかったら？」

私は素直に気持ちを伝えられずに、心とは裏腹なことを口に出した。

「それも致し方ない。でも、一度、結婚したら俺から離縁はしない」

成瀬先生は声のトーンをいつもと変えず、淡々と返してくる。

成瀬先生と結婚について、じっくりと話すのは初めてかもしれない。今まではご両親の了承がもらえるかどうかや月見里教授がらみのことがメインで話していたから。

お互いの素直な気持ちをぶつけ合うのは初めて。

「私には壮真も居るし、この結婚については不安だらけです。私のせいであれこれ詮索されて、成瀬先生やご両親にご迷惑をおかけしたら申し訳ないですし……」

「何だ、そんなことか。そのことに対して意見のある奴が居たら、俺が一人一人と話し合いをするから」

成瀬先生は、私が過度に心配してしまうからか、溜め息を吐いた。この人はやると言ったら、本当にやりそうで怖い。

「他には？」

「あとは、こんな地味で取り柄のない私が成瀬先生と結婚するとなると恨まれます。

噂の的にもなりたくありません」

「相川は自分で気付いてないだけで、充分に可愛いぞ。俺の方が恨まれるかもしれない」

いや、それはない。

成瀬先生みたいな、無自覚イケメンは時として面倒くさい。

「相川に近付く男は全て排除しよう。それでいいか？」

話の趣旨が変わっている。

「成瀬先生は跡取りですし、病院のエースですから、モテるんです。それに高身長のイケメンだから……」

私は無自覚イケメンに自覚をしてもらいたく、はっきりと告げたつもりだった。しかし……。

「あぁー、金がありそうだからか。そうでもないと思うんだが……」

分かってはもらえないようだ。

「とにかく、相川のことは俺が守る。ずっと、こうしたかった」

「……ひゃっ！」

背後から首筋に二回目のキスをされた。

「月見里教授に頼まれて相川に近付くようになってから、いつの間にか好きになってた。人を好きになるなんて、きっかけはそんなもんだろ？」

「そんなもんでしょうか……」

成瀬先生に関しては、いつの間にか、傍に居てくれるようになった。

好きだけれど、それが恋愛感情なのかな？ 私は成瀬先生のことを考えたり、誰かから彼の噂を聞いたりする度に胸が苦しくなるから。

「二人きりだから、相川のことを今すぐ自分のものにしたいくらいなんだが……」

「ま、まだ……！ 結婚してませんからね」

「じゃあ、〝初夜〟は正式に結婚してからにする。キスだけならいいだろ？」

良くない……！

成瀬先生の気持ちは何となく聞いたけれど、私は自分の気持ちが分からないから。

「それも駄目です」

「俺は相川清良が好きだ。契約じゃなくて、正式に結婚を申し込みたい」

ぎゅっと力を入れて抱きしめられ、成瀬先生は私の肩に額をペタッとつけた。速く動きすぎている心臓の音が、成瀬先生に聞こえてしまうかもしれない。

「私……、私も本当はいつの間にか先生のことを好きになっていたのかな？ この結婚が偽装かと思うと胸が苦しくて……」

脇目を見ずに、真っ直ぐに私だけを見てほしい。

他の誰かのところには行かないで、私の傍にずっと居て。

「相川は可愛いな。胸が苦しくなるのは、きっと俺のことを好きになってくれているからだと思う」

成瀬先生はそう言いながら、クスクスと笑っている。

「偽りの結婚はやめだ。今日からは、正式な婚約者同士だ。壮真と三人で幸せになろう」

「……はい」

気持ちを打ち明けられた私は感極まって涙を流す。今度の涙は嬉し涙だ。また私が涙を流していることに気付いた成瀬先生は、指で拭った。

私は身体を反転させて、成瀬先生に抱きついた。

「わっ、急に抱きつかれると調子狂うな。でも、君の温もりが愛おしい」

成瀬先生は私のことを抱きしめ返す。

「清良、君を一生大切にするから。もちろん、壮真もだ」

初めて名前で呼ばれた。

名前呼びは、何だかくすぐったいな。

気持ちをお互いに打ち明けたあとは、穏やかで優しい気持ちになる。

今までのギスギスモヤモヤとした疑ってばかりの黒い感情もなくなり、心は晴れやかだ。

五、幸せへの道のり

ＤＮＡ鑑定の結果が出て、信じがたい気持ちもあるが、九九パーセントの確率で私は教授の娘だということが判明した。判明したからといって、今までと何かが変わるわけではない。

成瀬先生との結婚に月見里教授の娘だという事実があれば、一般人の家庭で育てられた私でも、成瀬病院の関係者に受け入れられやすいというだけ。

成瀬先生のお父さんから聞いた話によると、私は〝隠し子〟として、月見里教授に関わりのある方々の中で噂になっているということなので、本当に受け入れられやすいのかは謎だ。

私が大切にしているのは亡くなった両親二人との思い出であり、月見里教授には何の思い入れもない。

成瀬先生のご両親にも報告して婚約は正式なものとなったが、私たちの婚約はどうやら病院内の噂の的になってしまったようだ。

「相川さん、まさか貴方が成瀬先生のお相手だったなんてー！」

「有名な、月見里教授の娘だったなんて！　地味な雰囲気だけど、相川さんて実はすごい血を受け継いでいるのね！」

仕事中にもかかわらず、噂を聞きつけた同僚たちが私のデスク周りに群がって来た。そして、会話の中には少しだけ嫌味が交ざっている。

『まさか』とか『地味』だとか。そんなことは、当の本人が一番分かっているし、成瀬先生に選ばれたことに一番驚いているのは自分自身だから。

成瀬先生の考えにより、私たちが結婚するということと同時に、私が月見里教授の娘だと病院内で公表したのだ。月見里教授も公表したことに対して、特に何も意見はないようだ。

公表した理由は、私が成瀬家の親戚や病院内から、やっかみを受けないようにという意図によるものだ。

月見里教授がどんな人物かは知らないが、シンデレラのように一気に王子妃になった感覚はある。

私がシンデレラで成瀬先生が王子様だとしたら、月見里教授は魔法使いの役割だろうか。

「成瀬先生って、どんな感じ？」

「え?」

どんな感じとは?

「その、ほら、普段の生活はどうなの? 成瀬先生は患者には優しいけど、働いてる時はクールというか何というか……、あんまり笑わないかなって思って」

「結構、笑いますよ。救急外来では常に緊迫してるだろうから冷たい印象がありますが、そんなことはないと思います」

「そうなんだ。笑ってるところを見てみたいな」

私も、成瀬先生が笑っているのを見るのが好き。

いつ急患が搬送されて来るか分からず、張り詰めた中で仕事をしているような成瀬先生。自宅に帰ると自然と笑みが零れるような癒やされる家庭を作っていきたい。

「あとさー、どこまでしたの?」

どこまでした?だなんて、まさか聞かれると思わなかった。

「え?」

同僚の一人が小さな声で聞いてくる。私は突然の質問に対して驚いて、息が詰まる。

「ま、まだ……、し、してない……です!」

聞こえるか聞こえないかの声で否定した。

成瀬先生とはキスをした他は、壮真を真ん中に挟んで川の字で寝たことくらい。

けれど、言わないでおこう。面倒なことになりそうだから。

「えー！　プラトニックなの？　成瀬先生が？」

「本当に？　有り得ないでしょ？　誰よりも手が早そうなのに」

成瀬先生はとんでもなく手が早いと思われている。

実際、そうなのかもしれない。私の気持ちを伝える前にキスをされたのだから。

まだ正式な挙式の日取りは決まっていないが、婚姻届は近いうちにくる私の誕生日に出そうと成瀬先生に提案されている。

「君たち、少し静かにしなさい。相川さんが困ってるじゃないか……」

同僚たちがヒートアップしてきて、だんだんと声も大きくなっていた。

「すみません……！」

「気をつけまぁす」

総務部長に注意をされた同僚たちは、しょぼんとした。

すると、「お疲れ様です。住所の変更に来たんだけど……」と言ってスクラブ姿の成瀬先生が現れた。

「話し声が廊下にも聞こえてたけど、休憩中なの？」

私を見つけるなり、成瀬先生が聞いてきた。首を横に振っただけで、私は言葉には出さなかった。さっきの話の内容が聞こえていなければいいけれど……！

「え、え？　成瀬先生？」

「やだ、どうしよう。カッコイイ！　お疲れ様です」

成瀬先生の登場により、同僚たちの甲高い声が総務部内に広まっていく。

「俺の婚約者とこれからも仲良くしてくださいね」

「は、はい！　もちろんです！」

普段は愛想のない成瀬先生が、にっこりと爽やかな笑顔を振りまくと事務員たちはうっとりとした表情を浮かべる。

成瀬先生は総務部長に住所変更の手続きを申請すると、颯爽と去って行った。

住所変更のことなんて私に頼んでおけば、あとから総務部長に伝えたのに……。何で忙しいのに、わざわざ総務課まで来たのだろうか。

「仕事を再開してください」

総務部長は私たちにそう言うと、辺りは静まり返った。電話に応対する声とキーボードを打つ音だけが響く、普段の総務課に戻ったので私は胸を撫で下ろす。

穏やかで平凡な日常を壊してしまうくらいに、成瀬先生との結婚はすごいものなんだと自覚する。結婚の話題が落ち着くまで、しばらくかかるのだろうか？

結婚すると病院内で発表したあと、祝福してくれる人も居れば、嫌がらせをしてくる人も居た。

嫌がらせをしてきたのは、病院長の秘書の取り巻きたちだった。今野さんと同じ秘書課に勤務している取り巻きたちは、隙あらばドクターを狙っているというのは病院内でも有名だ。お弁当を従業員食堂で食べ終わった私を取り巻きたちは待ち伏せしていた。

私はついに、この日がきたかと思って溜め息を吐く。いずれは、成瀬先生のことが好きな誰かしらに呼び出されるような気がしていたから。

「どんな手を使って、結婚まで持ち込んだのよ！」

「今野ちゃんは成瀬先生の元カノなんだから。成瀬先生がお見合いを断ったのだって、今野ちゃんとやり直すためだったのに。それが何故、貴方みたいな地味な子と……！」

私は非常階段に連れて行かれ、罵声を浴びせられる。

非常階段は普段から人はあまり通らず、取り巻きたちはああだこうだと文句を言ってくる。

「親が居ない貴方に同情して、結婚するなんて言ったんじゃない？　貴方もお金に目が眩んだのでしょう？」

取り巻きの一人がそう言うと、他の取り巻きと共にクスクスと笑い始める。

「貴方みたいな貧乏くさい地味なタイプ、成瀬先生が好きになるはずないもの」

成瀬先生とは、天と地の差がある私。生活費や壮真の学費はお世話になる予定だが、それ以上は望んでいない。でもお金を頼りにするのも事実ではある。

私が返事に困っていると、「やっぱりね、お金が目当てだったのよ」と取り巻きのうちの一人に意地悪そうな顔で言われる。

「お金に目が眩んだわけではありませんし、成瀬先生のご両親にもよくしてもらっています」

私がそう答えると「だから、それが同情だっていうのよ。貴方なんて跡継ぎを産んだら捨てられる口ね！」と返してくる。

確かに跡継ぎ問題はあるかもしれない。私も初めは、自分は見せかけだけの妻なんだと思っていた。

でも、成瀬先生との偽装結婚の話はもうなくなったんだもの。成瀬先生は、私と壮真のことを幸せにすると約束もしてくれた。

「成瀬先生は可哀想よね、初婚なのにお荷物もついてくるし」

「お荷物って?」

「貴方がいつも連れて歩いている子どものことよ」

腹が立つ。私は、壮真のことをお荷物だなんて一度も思ったことはない。きっと、成瀬先生もそんなことは思っていないはず……。

「何でそれを?」

壮真は私の扶養家族だ。

病院内では壮真のことを知っている人は少なかったはずだが、入院した時にみんなに知れ渡ってしまったのかもしれない。けれども、壮真は妹の子ではなく、両親の子どもということにはしてある。そのことだけは、いつどんな形で壮真の耳に入るか分からないので、病院内で知っているのは成瀬先生と総務部長だけだ。

「そんなの、調べればどうとでも分かることでしょ!」

確かにそうだと思うが、この人たちは調べたというよりも、きっと噂によって知ったのだと思う。

「貴方にはお荷物じゃなくて身内でも、成瀬先生には赤の他人なのよ？　それなのに、責任まで負わせるつもり？」

「えっと……」

生活費と壮真の学費のことを引き合いに出されると、私は反論できなくなる。

次から次へと飛んでくる罵倒の数々が、心に突き刺さる。

やはり、はたから見たら成瀬先生に責任を押しつけていると思われるよね。最初から、子連れ結婚なんて無理だったんだよね。

「貴方、図々しすぎない？　成瀬先生のことも独り占めして、その上、お金も援助してもらおうだなんて虫がよすぎるのよ！　どんな手を使ったの？」

「……私は……」

返事をしようと必死で言葉を紡ぎ出そうとした時、階段に繋がる扉が開いた。

「君たち、俺の婚約者を囲んで何をしているんだ？」と頭上から低く冷たい声が聞こえてきた。その聞き覚えのある声は成瀬先生だった。

「成瀬、先生……？」

「俺は君たちが言ってる秘書とは付き合った覚えもないし、秘書のためにお見合いを断った覚えもない。相川は金に目が眩んで結婚する女ではなく、俺が結婚してくれと頼んだんだ。理解できたならさっさと消えろ」

階段を下りながら成瀬先生は、怒りを交えた声で言い放った。

成瀬先生に言われた秘書の取り巻きたちは、そそくさと逃げて行く。

「大丈夫か？」

声をかけられた瞬間、私はペタンと踊り場に座り込む。

成瀬先生と結婚したら、金に目が眩んだなどと、ずっと後ろ指をさされながら生きていかなきゃいけないのだろうか？

私は急にストレスに感じてしまう。

「私、やっぱり……」

悩みつつも、結婚を取りやめたい気持ちでいっぱいになる。結婚したことにより、私だけではなく、壮真にまで危害が及んだら耐えられなくなる。

「ここの仕事を辞めて、俺の妻として自宅に居てくれ。その方が余計なことを耳にしなくて済む」

成瀬先生からそう言われたが、私は俯くことしかできない。

「え？　ちょっと……下ろし、て……！」

成瀬先生は軽々と私を抱き抱えて、階段を上がって行く。

「駄目だ。俺から総務部長には話しておくから、落ち着くまで休んでろ」

「だ、誰かに見られたら困ります」

「結婚のことはみんなが知ってるんだから、構わないだろ」

予想もしなかった出来事にあたふたしてしまう。ドキドキも加速する。先生の腕から逃れようにも、階段なのでじたばたもできない。

「な、成瀬先生は何故、あの場所に？」

もしかしたら、偶然ではないのでは？

「……あぁ。ちょっと疲れたからサボろうとしただけだ。気にするな」

今、少しだけ間があった気がする。成瀬先生はそんな風に言っているが、待ち伏せされた私を見かけて助けに来てくれたのかもしれない。

「そうでしたか。ありがとうございます」

「……うん」

私は成瀬先生にふわっと抱き抱えられたまま、どこかに連れて行かれる。

「落ち着くまで、ここに居ろ。俺は仕事に戻るから。総務部長には話をしておく」と言われ、総務部と同じ階にある現在は使用していない会議室に置いて行かれた。

パイプ椅子と会議テーブルだけがある部屋に、ポツンと一人きり。とりあえずは心を落ち着けようとして、私は椅子に座る。

思い出すのは、さっきの罵倒の数々と、成瀬先生のこと。

浴びせられた言葉に傷ついていないわけではないが、貧乏なのは自分でも知っているし、自分みたいな人が成瀬先生と結婚するのは嫌だという他人の気持ちも理解できる。でも、壮真のことを〝お荷物〟と言ったことだけは許さない。私は一度もそんな風に思ったことはない。

嫉妬に狂って罵声を浴びせてくる人たちが、成瀬先生の元カノじゃなくてよかった。決して私が相応しいというわけではないが、あの人たちは絶対に成瀬先生には相応しくない。

あんな意地悪な人たちを選ぶとしたら、成瀬先生の品位を疑う。まぁ、私を選んだことも正しい選択ではないかもしれないけれど。

私が椅子に座って少ししてから、ノックする音に次いでゆっくりとドアが開いた。

「あの……、貴方が相川清良さんですか？」

誰かと思えば、ふわふわウェーブヘアの細身で可愛らしい女性が入って来た。病院長の秘書の今野さんだった。

私に話があるのかな？と思い、身構えてしまう。

「驚かせてごめんなさい。私は秘書課の今野です。今日は私の同僚が、貴方に酷いことをして申し訳ありませんでした」

今野さんは、私に深々とお辞儀をして謝ってきた。

「いえ、大丈夫です。今野さんが悪いわけでもないですから……。頭を上げてください」

「本当にすみませんでした……！」

今野さんは頭を上げると苦笑いを浮かべる。

頭を上げた時、ふんわりと良い香りがした。甘いけど、ほどよい香りが鼻を掠める。

女性らしくて清楚で可愛い今野さんは、性別関係なくモテそうだなぁ。私とは大違いだ。

「少しだけ、お時間よろしいでしょうか？」

「……はい、少しだけなら」

私は入社して以来、サボったことなどないのだが、今のこの時間は成瀬先生が総務部長に話をしといてくれるらしいので大丈夫。たまにはサボってもいいよね。

精神的にもダメージが大きかったので、好意は素直に受け取ろう。

「実は……、成瀬先生のお見合い候補には私の名前も挙がっていました。でも私にはお付き合いしている外科医が居るんです」

「そうなんですね」

「その人は、成瀬先生と仲の良い同僚なんですが、病院内で噂になるとひやかされたりして仕事がやりづらいという理由で、交際は秘密にしているんです」

その気持ち、すごくよく分かる。私もいっそのこと、成瀬先生との結婚については誰にも秘密にしときたかった。

「それがどうしてか、……成瀬先生と交際していたと噂になっていて困っています。元カノだとか、そんなこと一切ないのに」

今野さんは困り顔で溜め息を吐きながら、私を見る。

「そうだ！　私と成瀬先生は高校の同級生なんですよ。私の兄も父も医師です。私も医師を目指すはずでしたが、勉強が好きじゃないし、自分には合わなそうなので早々に諦めました」

「え？　同級生なんですか？」

「そうです。私は成瀬先生と同じ三十四歳です」

驚いた。今野さんのご家族が医師だということよりも、成瀬先生と同級生だなんて。前からの知り合いとは、そういうことだったのだ。

スタイルも良く、可愛くて女性らしい彼女は私と同じくらいかと勝手に思っていた。私よりも年上だなんて信じられない。

「あー、三十四のくせに落ち着きがないって思ってるでしょ？　両親からもよく言われるの、もう少し落ち着きなさいって」

今野さんは子どもみたいに、あははっと笑う。

「いや、落ち着いてると思いますよ。肌がとても綺麗だから二十代かと思ってました」

顔も、洋服から出て見えている素肌にも張りがあり、羨ましい。

「えー、やだー！　嬉しい！　スキンケアは大切よね」

今野さんは両頬に手を当てて喜んでいる。

可愛いな。私もこんな可愛い反応をできたらいいのだけれど、到底無理だ。私はついつい可愛げのない態度をとってしまいがちだから。

「私もドクターと結婚する予定だから、相川さんと親しくなりたいな～。だから、これからは気軽に話そうね」

今野さんがそんなことを言い出して私は驚いてしまうが、決して悪い気はしない。急にくだけた口調になったのは、私に親近感を抱いてくれたからだと思う。

「よ、よかったらですけど……、私も仲良くなりたいです」

「うん、仲良くしよう！　ランチしたりしようね」

「……はいっ！」

私たちはスマホの連絡先を交換して、近いうちにランチをすると約束をした。

「そうそう、誤解してほしくないから言っとくね！　私は内科部長の娘なの。それだからか、気を使われることが多くて……。あの人たちも悪い人じゃないんだけど、私を気遣ってか何かあるとすぐに過剰に反応したりするから……」

詳しい話を聞くと取り巻きたちは、内科部長の娘だという理由だけで、医師の紹介などを期待して勝手な行動を起こしていたらしい。

特別、今野さんと仲が良いわけでもないみたいだ。

「そんなだからさ、友達がほしいの。ドクターの妻同士にしか分からないこともあるだろうから、仲良くしてね。……って、私はまだ妻じゃないんだけどね」

友達がほしいと打ち明けられた私は素直に応じる。

「ふふっ、私もまだ結婚してないから、妻ではないですよ。友達になってくれること、本当に嬉しいです！」

「三十過ぎてから友達ってなかなか作れないし、私も嬉しい」

今野さんは私に微笑むと「またね」と言って、カウンセリングルームから出て行った。彼女と話したことで気持ちも落ち着いたから、私も職場に戻ろうかと思い立ち上がる。

辛いこともあるけれど、人生捨てたもんじゃない。成瀬先生のおかげで新しい可能性が広がってきた。


十月三十日は、私の誕生日である。

私と成瀬先生は、本日、区役所にて婚姻届を提出した。

婚姻届を提出するまでには、壮真のことで妹に連絡をして、壮真をどうするかを確認したり、養子縁組について調べたりした。

両親の事故の時に連絡を取り、お葬式と遺産相続のあとは疎遠になっていた実の妹。

両親が亡くなった時も、妹は壮真を引き取ろうとはしなかった。そして、現在の妹の返事は、壮真が私の方に懐いていることや実の母親を覚えていないとの理由から、できればそのまま育ててほしいから養子に出したいとお願いされた。妹は元夫の名字は使いたくない上、壮真を両親に預けたいがために、離婚後は〝相川〟姓に戻していた。でも、今となれば、何も知らない壮真には、〝相川〟姓の方が都合が良い。

私は妹からの答え次第では、壮真とは離れ離れになるかもしれないと覚悟を決めていたが、そうならずにホッとしている。

壮真は、私たちの両親が自分の両親でもあると信じているので、妹からしても混乱させるようなことはしたくないらしい。

私も壮真と別れる気はなかったし、あの子を大人の事情で振り回したくない。妹に親権を戻したところで、きっと壮真が傷つくだけな気がするから。

壮真が未成年なので、妹と家庭裁判所の両方の許可が必要になる。後々、成瀬家の遺産相続をするにも養子縁組は必須で、とりあえずは婚姻届を提出して夫婦になってから、壮真を養子縁組することになった。

壮真には、『壮真も、きーちゃんの次に名字が変わるから待っててね』と伝えると、素直に受け入れてくれた。

「これで無事に夫婦になったな」

「そうですね……」

成瀬先生は夜勤明けなのにもかかわらず、病院から帰宅した足で一緒に区役所に行ってくれた。

夜勤明けだと朝八時には退勤できるはずが、急患続きで結局は午後まで仕事だった成瀬先生。予定通りに私の誕生日に結婚したのだが、夜勤明けで疲れている成瀬先生の身体が心配でもある。

「どうした？　浮かない顔をしてる。結婚したくなかったのか？」

「いえ、違います……！　本当に結婚したんだなって思うと感慨深くて……」

「俺もだよ」

区役所に行く前から、私は胸が高鳴っていて落ち着かなかった。

私、成瀬先生と本当に結婚したんだなぁ。

偽装結婚ではなく、愛のある本当の結婚。

未だに半信半疑だけれど、成瀬先生は私を選んでくれたんだよね？　これでよかったんだよね？

「そういえば、結婚式には月見里教授も呼んでいいか？」

「はい」

成瀬先生が恩師として呼びたいならば、私は反対しない。実の父として呼ぶのは、心の整理がつかないうちは無理だと思う。

「壮真は成瀬家に居るし、夕飯を済ませてから迎えに行こう」

「……でも、疲れてるなら自宅で食べた方がいいんじゃないでしょうか？」

「清良のご飯も美味しいから大好きなんだけど、たまには息抜きしなよ。それに今日は清良の誕生日だろ？」

誕生日なんて両親が亡くなってからはないも同然で、壮真以外の誰かと一緒に過ごすのは久しぶりだ。

誕生日だと言われると何だか落ち着かないな。

夫婦になったけれど恋人になったのもついこの間なので、気持ちが通じ合ってから二人きりのデートらしいデートはしたことがない。もう、こうしていられるだけで誕生日プレゼントをもらっている気分だ。

壮真は成瀬先生のご両親が見てくれているので心配はいらない。しかし、働きづめの成瀬先生には少しでも休んでほしい気持ちもある。

「誕生日プレゼントは何がいい？　事前に用意できてなくてごめんな」

「いえ、プレゼントは気にしないでください。誕生日に結婚しただけで充分です」

「そういうわけにはいかない」

ちょうど区役所の敷地から公道に出た瞬間に、成瀬先生から手を繋がれる。

夫婦になったのだから、誰に見られても構わないはずなのに、恥ずかしくてぎこちない歩きになってしまう。

「何でいつも、そんなに緊張してるんだ？」

「な、成瀬先生が隣に居ると落ち着かないんです」

「何故だ？」

二人で手を繋いで公道を歩いているだけなのに、周りの視線も気になってしまう。

見知らぬ女性が成瀬先生を見ては、うっとりしているのが分かる。

「あの、前にも言いましたが……成瀬先生はモテることを自覚してくださいね。成瀬先生はこんな私と歩いていても、視線を集めちゃうんですから」

私は成瀬先生の顔を見ながら話す。

「それは俺がモテるんじゃなくて、俺たちが幸せそうにしてるから、周囲が羨ましく思っているだけだろう。今日、結婚したと言いふらしたい気分だ」

成瀬先生はクスクスと笑っているが、全くもって、話の趣旨を理解していないのである。

「俺は清良以外の女性には興味もないし、家族と仕事のことで頭はいっぱいだ。清良もくだらないことを気にしてないで、家族のことだけ考えてろ」

「家族……？」

「家族だろ。俺と清良と壮真は。三人で幸せになるんだからな」

成瀬先生と結婚したことにより、家族の輪が広がっていく。

「これから四人になるか五人になるか……分からないが、家族は増えていくだろうな。壮真の弟か妹、楽しみだな」

「え？」

弟か妹？　赤ちゃんってこと？

「男の子だったらサッカーやらせたいな。俺、小中ってサッカーのクラブチーム入ってたから。女の子だったら、清良とお揃いの服着てほしい。絶対に可愛いから！」

「ちょ、ちょっと待ってください！　気が早くないですか？」

私たちはキスはしたけれど、それ以上の関係は未だにない。

「そうか？　俺は早く、子どもがほしいけどな」

平然としながら口に出す成瀬先生。

私は顔に火照りを感じ始めて、変に意識してしまう。

成瀬先生との赤ちゃんの前に……、そういう行為をしなきゃ駄目なんだよね？

夜はまだ壮真が一緒に寝ているから、そんなチャンスはないけれど、いずれは……するんだよね。きっと。

「私も赤ちゃんほしいですけど、でもまだ……」

「あー、そっか」

「え？」

成瀬先生は何かを悟ったように一人で納得している。

「俺たちは正式に付き合う前に同棲して結婚しちゃったんだもんな。まだ恋人気分を味わうのもいいよな？」

「そう、ですね。味わいましょう」

恋人気分を味わうのなら、身体を重ねることはまだ先になりそうだと思い、私は成瀬先生の意見に賛同する。

「清良がまだ赤ちゃんは早いと思ってるなら、避妊はしよう」

違う、そうじゃない。

成瀬先生は救急医なのに、仕事以外はどこかズレている。

「結婚したから、今日が本当の初夜だな」

成瀬先生は妖艶な笑みを浮かべて、私の顔を覗いてくる。

「壮真を迎えに行く前に自宅に戻って初夜を済まそうか？」

「……ふぇ？」

耳元で囁かれた言葉で変な声が出てしまった。

「嘘だよ、冗談。焦らなくても、これからいくらでもそんな機会はあるだろ？」

成瀬先生は悪戯そうにクスクスと笑っている。

どうやら、からかわれたらしい。

私は耳元まで熱を感じて、全身がゆでダコみたいに真っ赤になっていると思う。

「成瀬先生は手慣れてるかもしれませんが、私は……初心者同然なんです。もっとお手柔らかに扱ってくださいね」

いつもみたいに可愛げのない強い口調で反論する。

「俺はただ清良と一緒に居たいし、触れたいだけだ。ただ、それだけなんだ」

成瀬先生は私が強い口調で話したのにもかかわらず、めげずに対抗してきた。勝てない、この人には。

「……私、成瀬先生のどこが好きなんでしょうか？」

「それを本人に聞くのはどうかしてる」

勝てないと分かってはいるが、たまには困らせてみたい。

「多分、どことか言えないくらいに好きなのかもしれませんね」

ふふっと笑ってみせた。

私は成瀬先生のさりげない優しさとか、仕事熱心なところ、私にたくさん愛を注いでくれるところが大好きだ。他にも無自覚イケメンなところや、手は早そうなのに、私がモテるから心配だとか言って恋愛観がおかしいところとか。

「……そんな可愛いことを言われたら、やっぱり初夜を早く済ませたくなる」

「は？　何故その話題に戻るんですか？　おかしいでしょ？」

成瀬先生は少しだけ顔を赤らめながら、私に微笑んだ。

「おかしくない。夫婦なんだから、当たり前のことだろ」

「ちょっと、公衆の面前で変な話するのやめましょう」

「俺にとっては大問題だ」

溜め息を吐く成瀬先生。

「……それに、清良が俺のことをいつまでも名前で呼ばないのも大問題だ。いつになったら、先生じゃなくて名前で呼ぶんだ？」

チラッと横目で見ながら、私に答えを求めている。

そんなことを聞かれても、成瀬先生という呼び方に慣れすぎていて急には無理だ。

そのうち名前で呼びたいけれど、慣れ親しんだ呼び方を変えるには勇気がいる。

「まぁ、いずれは無理にでも呼んでもらう。清良も今日から、〝成瀬〟なんだからな」

そうだった。

私は今日から相川清良ではなく、〝成瀬清良〟なのだ。

「夕飯まで時間があるから、このままデートしよう」

成瀬先生は微笑を浮かべながら、私に提案する。

「夜勤明けなのに、少し睡眠取らなくて大丈夫ですか？」

「あぁ、大丈夫。仮眠はしたから。清良が添い寝してくれるなら別だけど？」

「……しません！」

デートは嬉しいけれど、私は成瀬先生の体調を気にしてしまう。

「俺の体調を気遣ってくれてありがとな」

「家の中でスクワットとかしてますよね。見たことがあります」

成瀬先生は努力を人に見せることが嫌いなタイプなのか、私や壮真が寝たあとに筋トレをしているのをたまたま見たことがある。

「あー、見てたのか。隠してるわけじゃないけど、自宅で筋トレしてるの見られるのは恥ずかしいしな。以前は夜勤明けにジム行ったりしてたんだけど……」

「夜勤明け、ですか？」

「そう、二十四時間営業のジムな」

事細かに聞いてみたいのだが、驚きすぎて聞けない。夜勤明けで疲れている身体でジムに行くとは……。私ならすぐに眠りたいと思うのに。

「さて、まずはどこ行こうかな」

成瀬先生は子どもみたいにはしゃぎ始める。

電車に乗り、成瀬先生の赴くままについて行くとショッピングモールに着いた。

「そういえば、何か食べてもいいか。腹減った」

「ごめんなさい、気付かなくて。お昼食べてなかったんですね」

私は家を出る前にお昼を簡単に済ませてきたが、成瀬先生は食べていなかったらしい。それもそうか。きっと、仕事終わりに駆けつけてくれたんだもんな。

ショッピングモールの中にある、ハンバーガー屋さんに入った。

私はブラックティー、成瀬先生はダブルのハンバーガーのセットをオーダーして席に着いた。

ハンバーガーを目にした成瀬先生のお腹から、ぐう～きゅるる……という音が聞こえてきた。お互いに目を合わせて笑ってしまう。

そういえば今日の成瀬先生の服装は、通勤用のスポーツブランドのジャージや、パーカーにジーンズではない。

ジャージを着ていた時はジム通いをしていたからと分かったが、今日はスマートカジュアルな服装だ。区役所に行くための他に、私とデートするためもあったのかもしれない。

「ふふっ」

思わず、一人で笑ってしまった。

「え？　お腹の音で笑ってるのか？」

「違いますよ。そうじゃなくて、今日はジャージじゃないんだなって思って」

「今頃気付いたのか？　そうだよ。最初から清良とデートする気満々だったからな」

成瀬先生が、私とデートすることを初めから考えてくれていたと分かり、嬉しくなる。

「ありがとうございます、嬉しいです」

私は素直に心の内をさらけ出した。すると、成瀬先生の顔は真っ赤になり、「清良から笑顔でストレートにありがとうって言われると、何かこう……ぐっとくるものがあるな」と言った。

「私がいつもお礼言わないみたいじゃないですか！」

「あっ、元に戻った。さっきまですっごく可愛い反応してたのに！」

成瀬先生も無愛想な時があるけれど、それに劣らず私も可愛げがないから、お互いに笑顔が見られると嬉しくなってしまうのかもしれない。

「もうっ！　成瀬先生だっていつも感じ悪いですからね。それで何故モテるのか不思議なくらいです！」

「言わせてもらうけどな、こんなに可愛くて綺麗な清良が何故もてはやされてないのか、そっちの方が俺はおかしいと思うけどな。まぁ、心配だから変な奴らにモテなくてもいいんだけど……」

お互いの文句を言っているつもりが、成瀬先生はやはりどこかズレている。私は今までに男性から綺麗だなんて言われたことがないから、成瀬先生の見る目がおかしいと思う。

「成瀬先生にしか綺麗だなんて言われないです。無理しなくてもいいんですよ？」

自虐になってしまうが本心だ。恋は盲目とでもいうのか、成瀬先生はやはりおかしい。

「いや、絶対に綺麗だ。清良は幸薄そうに見えるけど、これからは俺が幸せいっぱいにするから」

さりげなく酷いことを言われている気もするが、成瀬先生にとっては褒め言葉なのかな。

「清良も壮真もたくさん笑えるような家族になりたい」

私は恥ずかしいから言葉には出さないけれど、自然体だけどお互いに思い合える家族にしたいなと考えている。思いやりのある優しい成瀬先生となら、きっと実現できるはず。

「きっとなれますよ。私たちは仲良しですから」

「そうだな。今まで通り、仲良く暮らそう」

私たちはいつの間にか家族になっていた。成瀬先生が自宅アパートに通ってくれていた時から、既に家族だったのかもしれない。

成瀬先生は大きな口を開けて、ハンバーガーにかぶりついた。私はそんな様子を見ながらブラックティーを飲む。しっかりと茶葉の風味と濃さが出ているので、美味しい。

ハンバーガーショップを出たあとは、通りすがったジュエリーショップに無理矢理寄らされた。

「清良はピアスはしてないから、イヤリングかネックレスだな。指輪はあるから……」

成瀬先生が一人でブツブツと口に出していると、スタッフがやって来た。

「いらっしゃいませ。気になるものがあればご試着できますから、遠慮なく仰ってくださいね」

スラリとした体形の美人スタッフが笑顔でこちらを見ている。ど、どうしよう？

「ありがとうございます。一回りしたら、呼びますね」

「かしこまりました。ゆっくり選んでくださいね」

成瀬先生は勝手に対応している。私はほしいものとかないのに。

「清良はシンプルなものの方が好きか？　でも、服装もシンプルだから、目立つくらいのでもいいんじゃないかな？」

「わ、私……！　アクセサリーとかあんまりしないので大丈夫ですから」

壮真と一緒に居る時はアクセサリーなんて身につけないし、仕事中もシンプルなものすらつけない。成瀬先生は私の話など聞かずに店内を見て回っている。

「すみません、試着したいです」

「この商品、とても人気なんですよ！」

成瀬先生が選んだのは、ピンクゴールドのイヤリング。控えめなダイヤモンドが二粒ついていて、揺れるタイプのデザイン。

「ネックレスもあるんです。お揃いでつけても素敵ですし、単品でも上品な雰囲気があって、お出かけだけではなく、普段使いにもおすすめです」

「じゃあ、ネックレスも試着します」

勝手にスタッフとやり取りをしている成瀬先生は、私に強引に試着を勧めてくる。

私が「え、だ、大丈夫です……」と言っているのにもかかわらず、彼には聞こえていないのか、もしくは聞こえていないふりをしているみたいだ。

スタッフが私の首元にネックレスをつけてくれて、その後にイヤリングもつけてくれた。

鏡を見せてもらうとネックレスとイヤリングをつけただけなのに、雰囲気が少しだけ明るくなった気がする。私は、シルバーのネックレスはつけたことはあるが、ピンクゴールドは初めてだ。

「よくお似合いですね。落ち着きのあるデザインなので、ピンクゴールドでも派手すぎず、主張しすぎてないのが特徴なんです」

「俺の目に狂いはなかったな。似合ってるよ」

成瀬先生はそんなこと言っているけれど、本当は似合っていないのでは？

「お客様はブルベなので、ピンクゴールドの色合いが映えますよ」

「ブルベ？」

ブルベとは何だろう？　ブルーベリーの略語みたいな言葉。

「透明感があり、血色感があまりないツヤ肌のことですよ。ブルベとピンクゴールドの組み合わせはとても似合うんです。彼氏さん、よく分かりましたね」

スタッフはふふっと笑っている。

私の肌は白いとか、顔色が悪いとかよく言われるが、透明感があるとは思わなかった。ブルベという単語も初めて聞いた。私は二十七歳だけれど、メイクやファッションとかに興味もなくて……、何も知らなくて恥ずかしい。

「今日から俺の奥さんなんです。そして今日は奥さんの誕生日なんです」

そんな余計なことを見ず知らずの人に言わなくてもいいのに……！　私はスタッフにネックレスを外してもらいながら、赤面してしまう。

「まぁ、それは喜ばしいですね。おめでとうございます！」

「結婚記念日でもあり、誕生日でもあるので、この二つをプレゼント用にしてほしい」

成瀬先生はプレゼントしてくれる気満々なので、断れなくなってしまった。非常に嬉しいけれど、高級なものを二つももらえない。

「どちらか一つでも……」

「いや、両方にする。記念日が重なってるんだからな」

イヤリングを外してもらったあと、成瀬先生は会計を済ませる。

「せっかくだから今日一日つけていて」と成瀬先生からの要望を受けて再びつけてもらう。ネックレスとイヤリングのケースは、ショッパーにしまってもらった。

「ありがとうございました。またお越しくださいね。末永くお幸せに！」

スタッフはお見送りの時に私たちの幸せを祈ってくれた。

アクセサリーショップから出た私の耳にはイヤリング、首元にはネックレスが揺れている。

「よかった、素敵なプレゼントが見つかって」

成瀬先生は右手を私の左手と繋いで、自分の左手にはショッパーを持っている。

「もうっ、成瀬先生は強引なんだから！　……でも、ありがとうございます。大切にしますね」

「あぁ。本当によく似合ってるな。綺麗だ」

見下ろされるとドキドキしてしまう。

今日から私の旦那様に、ときめいてしまう自分がいる。こんな感覚はもう何年ぶりかも思い出せないが、本当に好きなのだと実感する。

「お世辞ばっかり言ってると、信用してもらえなくなりますよ」

照れ隠しに嫌味を言ってしまう。

「お世辞じゃない。本音だ」

成瀬先生は決して怯まない。そして、不敵な笑みを浮かべる。私はまたドキッとしてしまい、胸の高鳴りが収まらなくなる。

「清良にお願いがある。夕飯に行く前に寄りたい場所があるんだ」

「いいですよ。成瀬先生の買い物ですか？」

「ううん、違う。買い物じゃない」

ショッピングモールでのデートを楽しみ、寄りたい場所があると言われたが、買い物ではないとすると、そこがどこなのか想像がつかない。

私たちはショッピングモールを出るとバスを乗り継ぎ、見慣れないマンションに連れて来られた。

「ここで待っていてくれないか。すぐ戻るから」

エントランスで待っていてくれと言われて、ソファーに腰かけて待っていた。

ポツンと十五分くらいは座り込んでいただろうか。車椅子に座った男性がこちらに向かって来た。

「貴方が……きよ、ら……か？」

痩せ細った白髪頭の男性が声を発した。

車椅子の男性の背後から、成瀬先生が来た。

「清良の実父の月見里教授だ」

いきなりそう言われて、私は戸惑った。

目の前に居るこの人が私の実の父。

思っていたよりも年配に見える。

「死ぬ前に実の娘に会えて嬉しい」

うっすらと目に涙を浮かべているが、私の心には全く響かない。

「ＤＮＡ鑑定上ではそうですが、今更言われても困ります。母は貴方に捨てられてから父に出会うまでは、たった一人で私を育てました。それがどんなに大変なことか、貴方には理解できないでしょうね」

この人に怒りをぶつけたところで、母が生き返るわけではないけれど。

悔しくても切なくても、母が言えなかったことを私が代わりに言う。

もしも、母とこの人が結婚していたとしたら、私は今頃どうなっていただろうか？

当然、壮真にも出会えずに全く違った人生になっていただろう。

「貴方のお母さんには大変申し訳ないことをしたと思っている。日々、忘れたことはないんだ」

そんなのは今更どうにだって言える。

「清良は成瀬君と結婚したんだね。おめでとう。一昔前は病院が背後にあると決められた相手としか結婚できなかったが、いい時代になったな。今は好きな人と結婚できる時代になったのだから……」

しみじみと話してくるが、どんな理由があろうとも付き合っている相手を捨てて、自分の利益に繋がる他の誰かと結婚していい理由にはならない。

「私は他の誰かと結婚しなくてはいけないのに、母に手を出した貴方が嫌いです。しかも歳の差もあったのではないですか」

この人の年齢は、五十代後半から六十代前半な気がする。母は生きていたら、四十七歳になるので、十歳以上は離れているはずだ。

「そうだな。彼女とは大学病院のコンビニで知り合ったんだ。夜間大学に通いながらバイトをしていると言っていた彼女に恋に落ちた」

聞きたくなかった。

この人は本当に最低ではないのか。学生に手を出して、妊娠までさせて……。

諸悪の根源そのものだ。

「……もういいです。聞きたくありません！」

今にも溢れ出そうなほど目に涙が溜まっていく。

理不尽な扱いを受けた母が浮かばれない。

「成瀬先生、もう帰りましょう」

私は我慢できずに涙をぽろぽろと零しながら訴えた。

「き、よら……。ありがとう」

絞り出すような声でお礼を言われたが、私は背を向けてマンションの外に向かって歩き出した。月見里教授をエレベーターに乗せてからなのか、少し経ってから慌てて追いかけて来た成瀬先生は私の腕を掴んだ。

「……！」

「ごめん、先に言えばよかったよな。でも、言ったら会ってくれないかもって思ったから」

こんなにも困っている成瀬先生の顔を初めて見た。

私の顔もきっと、涙でぐしゃぐしゃの酷い顔だと思う。

最近は成瀬先生に少しでも綺麗だと思われたいので、不慣れなメイクも頑張っているが、涙のせいで台なしだ。

「来週あたりから、月見里教授は余生を穏やかに過ごすために成瀬総合病院に入院するんだ」

「そうですか。だとしても、私には関係ないことです」

私は益々、可愛げのない態度をとってしまう。末期癌で可哀想だからと成瀬先生が入院させるに違いない。

「これは最近、月見里教授から聞いた話だが……」

マンションから駅までの道のりをゆっくりと歩きながら、成瀬先生が知っていることを話し始めた。

すると信じがたい事実が明らかになる。

「君の母親は妊娠直後に月見里教授にお見合いの話がきたことを噂で知り、妊娠したことを告げずに月見里教授の前から去ってしまった。このことはつい最近、清良の母と仲良くしていた方から聞けたことらしい」

「え、母が……？」

まさか自ら身を引いていたなんて。

私は妊娠が分かったから、捨てられたのだとばかり思っていた。

「月見里教授はお見合いするかしないかを迷っていたんだ。そんな時に清良のお母さんが居なくなってしまった。突如として消えた彼女を捜しても見つからず、仕方なくお見合いし、結婚を決めた。だから、月見里教授が二人を見捨てたわけじゃないんだ。でも、教授は悪いのは自分だからと、捨てたのは自分だと言っていたそうだ」

もしかしたら、母が居なくならなければ、月見里教授と幸せになる未来もあったのだろうか？

「私、あの人に酷いことを言いました。もう言ってしまったことは取り返しがつかないけれど……」

「うん、でも、月見里教授も清良に会えて嬉しかったと思う。長年の夢が叶ったんだ。だから、大丈夫。実の娘に文句を言われるくらいどうってことない」

成瀬先生は、再び泣きそうな私の肩をそっと抱き寄せる。

「うちの父も、月見里教授にはお世話になった。隠し子の存在のことも、医療業界で噂は広がっていた。成瀬総合病院に入院させるのは恩返しでもあるんだ」

「……そう、でしたか」

月見里教授のことが心配だとか、そんな感情は湧いてこない。ただ、月見里教授から母との思い出話を聞けば、もしかしたら……私のあの人に対する気持ちが変わるかもしれない。

今はただ、憎しみしかないけれども。

「成瀬先生、そろそろ夕飯食べに行きませんか？」

「そうだな。夕飯を食べたら帰らなきゃな」

私は月見里教授のことから話題を逸らすように仕向けた。

今日だけは月見里教授のことは忘れて、結婚した喜びと成瀬先生から素敵なプレゼントをいただいたことの余韻に浸ろう。

六、幸せの形

翌週、成瀬先生が言っていた通りに、月見里教授が成瀬総合病院に入院してきた。

私は母とのことが知りたくて顔を出してみるものの、結局は話を切り出すことができずに新たな収穫はなかった。

「こんにちは」

「あら、清良さん！　今日も来てくれたのね」

病室に入ると、月見里教授の妹さんが笑顔で出迎えてくれる。私は平日は毎日、お昼休みに病室に通っている。

壮真が心配するといけないので、あの子には月見里教授の話はしていない。知らなくていいことだってあるから……。

「どうぞ、座ってー！　今、お茶入れるわね」

月見里教授は眠りについていた。

この人に子どもはいないし、奥さんにも先立たれて、妹に頼るしかないらしい。

〝神の手〟と呼ばれた月見里教授だが、末期癌に為す術がないみたいだ。

「眠ってる時間が長くなってきたの。このまま起きないんじゃないのかな？と思うこともあるのよ」

「そうなんですね。末期だと痛みで苦しむイメージでしたけど、痛みが出てないなら本人にとってもいいことかもしれませんね」

「そうね。苦しまないのが一番よね……」

私は椅子に座り、月見里教授の妹さんから入れたての温かいお茶を受け取る。

「清良、か。来てくれたんだな」

「あら、起きたのね」

私たちの話し声が聞こえたのか、月見里教授はうっすらと目を開けて、ゆっくりと起き上がる。

「お昼休みがそろそろ終わる時間なので、また明日来ます」

病室に顔を出せるのはほんの僅かな時間なので、月見里教授が寝ていると話を聞き出せない。

この人を許したわけではないし、私はただ母のことを聞きたくて通っているだけなのに、月見里教授は喜んでるようだ。

「清良は、百合江に似てるな。とても綺麗だ」

「そうなのね。私は百合江さんにお会いしたことはなかったけれど、こんなに美人さんだったのね。お兄ちゃんが恋に落ちるのも分かるわ」

母は小柄で色白だった。もう写真の中でしか会えないので、直接並んで見比べる術がない。

「成瀬君から聞いたのだが、清良は男の子を育てているらしいな。壮真君、といったか。いつの日か、会ってみたい」

「壮真には貴方の存在は知られたくありません。なので、会えないと思います。今日はこの辺で失礼します……！」

私は立ち上がって一礼をして、バッグを手に持った。

「失礼します……。月見里教授、体調はいかがですか？　……清良？」

帰ろうとした時に誰かが入って来たと思ったら、成瀬先生だった。

「お昼休みに少し寄っただけです」

「そうか。俺はたまたま手隙になったから、様子を見に来た」

成瀬先生には月見里教授の面会に行っていることは一切話していなかった。

私は情報収集のために足を運んでいるだけで、お見舞いに来ているわけではない。

ただ、成瀬先生には知られたくなかった。何故なら、私がこの人のことを許したから通っているだなんて思われたくないもの。

「清良さん、今日も来てくれてありがとう。お見舞いにフルーツをたくさんいただくのよ。食べきれないし、持って帰ってちょうだい」

月見里教授の妹さんは紙袋に入れたフルーツを私に手渡してくれた。ずっしりと重みがあり、たくさん入っていそうだ。

「また来てくださいね。本当にありがとう」

丁重にお礼を言って、病室を出た。

壮真が喜びそうなフルーツがたくさん入っている。メロンやいちごなど。

紙袋からの甘い香りが鼻を掠めるが、私は複雑な気持ちでいっぱいだった。

決して、月見里教授を許すことはできない。しかし、真実が知りたい。以前の母とのことを知るには、この人に聞くしかないのだ。


翌週の水曜日のこと。

私は午後から半休を取り、月見里教授の病室に向かった。病院が職場なのでみんなの理解ももらえたのと、月見里教授の娘だということが知れ渡っているためにとやかく言う者はいなかった。私自身は、この病院以外の医療従事者に関する噂をあまり耳に入れなかったため、皆が月見里教授を知っている方が不思議だった。

毎日のように月見里教授の面会に来ていた妹さんだったが、今日の午後から用事があると言われて、急遽付き添いをお願いされたのだ。

月見里教授の体調はその日によって違うらしく、安定している日もあれば苦しそうにしている日もあるらしい。

根本的な治療はしない方針で、身体の痛みを緩和する点滴や注射をしながら、過ごすことを決めたそうだ。

妹さんが不在なので、私は初めて、この人と二人きりになる。

寝ているみたいだからよかった。

「清、良か……。清良の気配がすると起きられるものだな」

「こんにちは。お水飲みますか？」

「あぁ、少しだけ飲みたいかな」

私はベッドを少しだけ傾けるように上げてから、ペットボトルの水を冷蔵庫から取り出してマグカップに注いだ。

「仕事だったのに来てもらって、すまない」

「いえ、妹の真弓さんに頼まれただけですから」

私はツンとした態度をとってしまうが、月見里教授は微笑んでいる。

「清良と過ごせるなんて、ありがたいな。嬉しい」

こんなにも可愛げのない娘に会って、何が嬉しくてありがたいのか。私には理解できない。

「百合江は明るくて可愛かった」

何が言いたいのか。お母さんと比べて、私は可愛くないって言いたいのかな。

まぁ、私の態度にも問題はあるが、失礼極まりない。

「だけど、怒ると清良みたいにツンツンしてて、そこもまた可愛かったんだ。よく似てるよ、二人は」

私には全くそう思えないが、はたから見ればそうなのだろうか？

「成瀬君はとても良い青年だ。医師としても、人としても素晴らしい。そんな成瀬君と清良が結婚してくれて、俺は嬉しいよ。成瀬君は天才肌だけど、決しておごらず、高飛車にならないから人望も厚い」

月見里教授は成瀬先生を買っている。

弟子としてだけではなく、人としても認めているんだ。

「清良は病院の中のこともよく知っているから、救急医の仕事にも理解がある。私の妻はね、大学病院の教授の地位を持つ外科医の娘だったが医師の大変さを知らない人だった。帰りが遅くなるだけで文句を言い、挙げ句の果てには愛人も作っていたようだ。だから、私には清良以外の子どもはできなかった」

この人はこの人なりに苦しんでいたのかもしれない。

「あの時、……百合江が居なくなった時にきちんと対応していれば、また違った世界があっただろうか。百合江と清良には本当に申し訳なかった。謝っても謝りきれない」

月見里教授の目には、うっすらと涙が浮かんでいる。そして、痩せこけた頬を涙が伝う。

謝罪をしてくれたのだから、もう充分ではないのか？

私は月見里教授の涙に絆されたのか、憎しみは薄れてきてしまう。

「過ぎたことですから……、もう、そのことはいいです。過去を振り返るのはやめましょう。戻ることなんてできないんですから、進むしかないんです」

この人を責めても過去は戻らないし、母も帰っては来ない。せめて、先ほどの謝罪が天国の母に届いているといいな。

成瀬先生とも結婚して、新しい幸せもある。壮真と三人で幸せな生活をしているのだから、私はもう何も望まない。

「貴方を父として認めることはないと思います。ただ、体調が悪いことに同情はします。だから、この病室に通っているということにしてください」

「……そうか。それでも来てくれるなら、嬉しく思うよ。俺は清良の顔を見られることが、今の幸せなんだ」

態度の悪い私のキツイ言葉にも動じず、嬉しいなどと言っている。父親だから、なのか？　弱っているから、私にすがりたいだけなのか？　……分からないけれど、とにかく私に会いたいと願ってくれている気持ちだけは伝わってくる。

「この間、言ってましたよね？　壮真に会いたいと思うのは何故ですか？」

「成瀬君から、壮真君がとてもお利口で可愛いと聞いている。清良の息子ではないようだが、百合江の孫なんだろ？　遠くから見るだけでもいい」

「……じゃあ、結婚式に来てください。その時に見たらいいんじゃないですか？」

「呼んで、くれるのか……」

月見里教授の声が震えている。

「はい、成瀬先生の恩師として。それまで元気に過ごしてくださいね」

「……あぁ。ありがとう、絶対に行くよ」

月見里教授は静かに涙を流した。

「少し疲れたから横になりたい」

「分かりました。ベッド下げますね」

私がベッドの高さを下げていると、月見里教授のすすり泣く声が聞こえてきた。枕の上に敷いてあるタオルで涙を拭っていたような気もするが、見て見ないふりをした。

私は「お弁当食べちゃいますね」と言って、お弁当を広げた。月見里教授の姿を視界に入れずに、お弁当を食べ始める。

私は、この人が母のことを蔑ろにしたわけでもなく、愛していたのだと知れてよかった。一生、恨んで暮らすことにならなくてよかった。

いつ命の灯火が消えるか分からないこの人に、ほんの僅かでも、幸せが訪れるように願ってみたりする。


翌年の三月末のことである。

東京の桜はちらほら咲いてきて、少しずつ暖かくなってきた。

挙式当日も晴れ晴れとした日になり、私はウエディングドレスの着付けが終わり、ファーストミートのためにブライズルームにて待機している。その時、ドアをノックする音が聞こえた。

「結仁さん？」

私はつい最近、やっと名前で呼ぶようにした。初めは名前呼びに緊張したけれど、今では慣れてきた。

「清良……」

ドアに背を向けて立っていた私の元に、結仁さんが入って来た。

「似合っている。……というより、似合いすぎてて、綺麗だ。びっくりして、語彙力がなくなった……」

私の正面に来て、ウエディングドレス姿を見た結仁さんはいつもみたいに冷静ではない。

「ふふっ、何ですか、それ。すごいお世辞ですね」

結仁さんは私を見て、顔を赤らめていた。そんな対応をされると私まで照れてしまいそうだ。

ウエディングドレスの試着はしたのだが、結仁さんの仕事の都合が合わずに前撮りはしていないのだ。なので、結仁さんがウエディングドレス姿の私を見るのは初めてである。

「結仁さんもカッコイイですよ」

見れば見るほどに惚れ惚れしてしまう。

結仁さんのタキシード姿が素敵すぎて、ずっと見ていたいくらいだ。

二人で笑い合っていた時、トントンッとドアを叩く音がした。

「しつ、れいします！　きーちゃん……、あっ、成瀬先生もいる！　あー！　きーちゃん、お姫様みたいだね」

ドアをゆっくりと開けて入って来たのは、壮真だった。壮真は目を輝かせながら、私を見る。スーツ姿の壮真がとても可愛い。

今は成瀬先生と呼んでいる壮真だが、いずれ弟や妹ができるのだから『パパ』と呼ぶことにも慣れてもらいたい。

「すみません、どうしても清良さんに会いたいって言って……」

壮真の後ろから、成瀬家のお手伝いさんもついて来る。

「わぁ！　素敵です！　結仁さんのご両親よりも先にお姿を見せていただいて申し訳

ないですが、とてもお綺麗です。結仁さんも大変お似合いですよ」

お手伝いさんは私たちを見ながら優しく微笑む。

「僕もね、カッコよくしてもらったよ。どうかなぁ？」

「うん、すごくカッコイイよ。髪の毛も整えてもらったんだね」

「そうだよ。着替えさせてくれたお姉さんが、髪の毛もやってくれたんだよ」

結婚式場に壮真の着付けもお願いした。壮真の髪にワックスをつけて少しだけ毛を立たせてくれて、カッコイイ仕上がりになっている。

お手伝いさんは私たちやご両親が挙式中は忙しいと思い、自らが壮真の面倒を見ると仰ってくれたそうだ。成瀬家のご両親とお手伝いさんには常にお世話になりっぱなしで、申し訳ない。

結仁さんのご両親とは、結婚の承諾を得ようとした時は不穏な空気が流れたが、今では壮真だけではなく、私も仲良くしていただいている。嫁姑問題なんて一切なく、穏やかに楽しく過ごしていた。

成瀬家の皆様には感謝の気持ちでいっぱいである。

「きーちゃんのお嫁さん姿がお姫様みたいだよって、じぃじとばぁばにも伝えてきたい」

「そうですね」

壮真は私と結仁さんの姿をご両親にも見せたくなり、『お迎えに行こうよ』とお手伝いさんが着ている羽織物を引っ張ってせがんでいる。

「壮真、じぃじとばぁばを呼んで来ても大丈夫だよ。よろしくね」

「うん、分かった。連れて来るね」

壮真に結仁さんのご両親を連れて来てもいいと告げると、お手伝いさんと一緒に嬉しそうに向かった。

「月見里教授も今日、来られたらよかったんだけどな……」

「仕方ないですよ。体調が悪いのに外出して、悪化する方が心配ですから」

長い時間の外出は無理なので披露宴は参加せずに、挙式だけ参列する予定だった。参列する場合は今野さんの父で月見里教授の主治医の今野教授と、結仁さんと仲の良い心臓外科医の浅川先生が同行するはずだったが、月見里教授は痛みが頻繁に出やすくなってきたために欠席することを余儀なくされた。

結仁さんの話によると、もしかしたらもう長くはないかもしれない。

母のことを大切に思ってくれていたことが分かったので、もう恨んだり憎んだりはしていないけれど……。ただ、ＤＮＡ鑑定の結果が九九パーセントの確率で実の父だと認めても、育ての親も居たし、素直にお父さんとは呼べないのだ。

月見里教授と病室で二人きりで話した時、結婚式をとても楽しみにしてくれていたのは伝わってきた。けれども、体調が不安定なのだから仕方ない。

それから挙式に来たのが原因で感染症にかかれば、合併症になり病状が悪化する恐れがある。だからこそ、我慢してもらうしかないのだ。

後ほど、写真や動画を見てもらおうと思っている。

「写真でも清良が綺麗なのは伝わるよ。だから、月見里教授も写真を見たら、感激して泣いちゃうかもな」

場を和ませるために、わざとクスクスと笑った結仁さん。結仁さんだって、恩師である月見里教授には来てほしかったはずだ。

「……そう、ですかね？」

本来ならば、少しだけでも私たちの結婚式を直接自分の目で見てほしかったから。

その後は、壮真とお手伝いさんが式場スタッフと共にご両親を連れて来てくれた。

私はご両親たちからもたくさん綺麗だともてはやされて、恥ずかしくもあり有頂天でもあった。

家族写真も撮影して、あっという間に時間が過ぎていく。

「では、そろそろ挙式のお時間となります」

式場スタッフに声をかけられ、指示に従って移動を始める。その時、か細い声で「清良……」と聞こえた。

振り返ると、黒いスーツを着て白いネクタイを締め、車椅子に乗っている月見里教授が居た。

「え、どうして……？　体調は大丈夫なんですか？」

私は驚いて目を丸くする。

「大丈夫かと言われれば、大丈夫じゃないかもしれないな。でも、一目だけでも二人の姿を見たいとわがままを言った」

掠れた声で絞り出すように話をする月見里教授。現在は痛みは出ていないのか、ににこしている。

月見里教授の付き添いには予定していた医師二人の他に、妹さんの姿もある。

「本当にわがままな人なのよ。でも、今日だけは許してちょうだいね。こんなに綺麗な花嫁姿を見られなかったら、後悔するものね。よかったわ、来られて……」

車椅子を押していた妹さんは涙を流して、ハンカチで頬を拭いている。

「あの……！　もうすぐ、挙式が始まるんです。もしも、体調が大丈夫ならヴァージンロードを一緒に歩きませんか？」

「え、……私が？」

「はい、月見里教授……、お父さんも一緒に」

これは結仁さんと一緒に考えていた、月見里教授へのサプライズだった。この計画は式場関係の方々、付き添いの医師二人、妹さんだけが知っている。

当日のサプライズとして驚かせようという作戦だったが、欠席ということで諦めていたのだ。

「お父さん……と呼んでくれるのか」

月見里教授は涙を流して、震える声で答えた。

「実のお父さんと育ての親のお父さんの二人が居てもいいと思うようになったんです。私にとっては、どちらもお父さんですから」

「……あり、がとう」

チャペルで行われる挙式では、月見里教授が座っている車椅子を結仁さんが押して、その隣を私が歩くという段取りだ。

体調が持たないかもしれないので、無事にヴァージンロードを歩ききったら、最後尾に戻って教会の出入り口近くの席から挙式を見るという流れだ。体調が悪くなったとしても、すぐに抜けられるようにしてある。だから、一緒に歩きたい。

「大役を務めさせてもらうよ」

涙が止まらない月見里教授と妹さん。私も泣いてしまい、ヘアメイクスタッフに化粧を直してもらった。

月見里教授とこの場で記念撮影もして、そのままチャペルでの挙式に向かった。月見里教授の登場により、末期癌で入院中だと知っている病院関係者から会場内でざわめきが起きる。その後、滞りなく挙式は終了した。

月見里教授はその時の体調は安定していたがみんなに迷惑がかかるといけないからと、ヴァージンロードを歩いたあと、退席した。

挙式が終わり、教会の外に出て青空を眺める。


天国のお父さん、お母さんへ。

もう一人のお父さんも来てくれて、挙式は無事に終わりました。

結仁さんと壮真と一緒に幸せになるから、これからも見守っててね。約束だよ——。

春の陽射しが心地好い、四月初旬。壮真は年長組になり、元気に保育園に通っている中で、私たちは新婚旅行で伊豆に訪れていた。

当初は海外に行こうと話していた私たちだったが、国内の海辺の温泉街に来ている。

月見里教授の病状は落ち着いていたが、いつどうなるかが分からずに心配なことと、結仁さんの仕事も立て込んでおり、国内にしたのだ。

旅行の間は、私の代わりに結仁さんのご両親が月見里教授の病室に顔を出すことになり、同時に壮真も成瀬の家で面倒を見てもらうことにした。

二泊三日の新婚旅行だが、精一杯楽しもうと決めた私たち。

様々な場所を観光した私たちは高級ホテルに戻り、ルームサービスにて夕食を済ませた。

料理がとても美味しくて、壮真にも食べさせてあげたかったな。

「夜の海も綺麗ですね」

オーシャンビューの客室で、チェックインした昼間とはまた違う雰囲気の海が見える。夕食後、私は窓に張りつき、景色に目が釘付けになった。

こんなにも綺麗な景色を大好きな人と一緒に見られるのは、幸せなことだ。

「そうだな。そろそろ、風呂に入らないか？」

結仁さんは海を眺めている私を背後から抱きしめてくる。

「え？　先に入って大丈夫ですよ。結仁さん、疲れてるだろうからゆっくりしてください」

新婚旅行には結仁さんの運転する車で来ている。私は運転ができないので、ずっと任せきりだったから、疲れているはずだ。

「一緒に入ろう」

「……えぇー？　何でですか？」

無理、無理、無理！

一緒に入るなんてハードルが高すぎる。

「何でって……。一緒に入りたいから」

結仁さんは呆れたように言う。

私の心臓は急にバクバクいい始めて、心拍数が上がってしまう。

「恥ずかしいなら背中向けてでもいいから、一緒に入ろう」

「……分かりました。見ないでくださいね」

「約束する」

新婚旅行だから、こんなことがあってもおかしくないんだよね？

カレカノや仲良し夫婦は一緒にお風呂に入るのが当たり前なのだろうか？

恥ずかしいから、私が先に身体を洗って湯船に入ってからならいいと伝えた。

「初めての二人きりの夜だな」

結仁さんに言われるがままにスイートルームのジェットバスに二人で入るが、私は恥ずかしさのあまり背中を向けてしまう。

やっぱり、向かい合ってなんて入れない。

自宅アパートで倒れて病院に運ばれた時も、結仁さんに裸は見られていないと思う。もしかしたら下着姿は見られたかもしれないけれど……。

「いいよ、背を向けたままで」

「……はい」

私は三角座りをしながら、ジェットバスの湧いてくる泡を見つめている。体勢を少しでも崩したら、裸が見えてしまうので石みたいに固まって座っていた。

「明日は旅館だから、それもまた楽しみだな」

「明日もオーシャンビューの部屋なんですよね？　初めてです、高級ホテルも高級旅館も……」

温泉旅館には泊まったことがあるが、明日行く場所はグレードの高い人気の宿だ。今日のホテルはスイートルームを用意してくれ、広々としていてベッドも大きい。ディナーにはフレンチのルームサービスを初めて利用して、人生最大の贅沢をしている。

「俺も国内は初めてだ。両親に連れられて行くのは、いつも病院関係の視察で、海外だったけど……あんまり覚えてないんだ」

「ご両親は忙しい方々ですもんね。でも、お仕事付きでも海外に行けるのって羨ましいな」

私が小さい頃にお母さんは結婚して、新しいお父さんと暮らすようになった。妹が生まれて数年後に、みんなで温泉旅館に泊まりに行った記憶がある。その場所がどこだったかは思い出せないけれど――。

「そんなにいいもんじゃないよ。海外に行っても父は病院関係で出かけてしまい、母は俺と二人だけでは行動できないからと言って、ホテルの客室にこもりきりだったから」

せっかくの海外なのに、こもりきりはもったいない。

「壮真に寂しい思いはさせたくないんだ。清良と俺が忙しい時でも常に誰かしら傍に居て、一人じゃない空間にしたい。俺は兄弟が居なくて一人っ子だったから、子どもは何人か居たら楽しいよなって考えている」

人それぞれ寂しさというのは違うものだ。

結仁さんには、子ども時代の埋められない寂しさがあった。だからこそ、壮真にも患者さんにも思いやり第一で接することができているのかもしれない。

私は知っている。結仁さんは患者さんの病の痛みだけではなく、心にも寄り添ってくれる医師だ。

「そうですよね。家族は賑やかな方が絶対に楽しいです」

両親と妹と四人暮らしだった時を思い出す。

毎日笑い合って、時には姉妹で喧嘩したりして……、何年か前まではそんな生活をしていた。それなのに、突然壊れてしまった。

そんな時、私の唯一の癒やしは壮真だった。両親を亡くした時も壮真が居なければ、自暴自棄になって乗りきれなかったかもしれない。

「新人も救急医としてのレベルが上がれば現場を任せることができるから、そしたら海外に旅行しような。今度は壮真も連れて行きたいな」

「ありがとうございます！　でも、無理のない範囲で……」

「あぁ、分かってる。現状、救命センターにはドクターが足りなくて、外科医も借り出されている。共倒れにならないようにしたいが、なかなか無理があるよなぁ」

結仁さんはいつどんな時でも病院のことを考えている。成瀬総合病院の次期病院長だが、まだまだ現場に出て働いていたいと思っているようだ。

「結仁さんは患者さんのために頑張ってますよ。今回は二泊三日ですけど、たくさんのんびりして過ごしましょうね」

「そうだな。清良もたくさん羽を伸ばして、たくさん食べて、楽しもうな」

「ふふっ、明日も楽しみですね！」

結仁さんと背中を合わせて話しながらジェットバスに入っていたら、喉が渇いてきた。

「あの……」

「清良、そろそろ上がるか？」

ジェットバスから上がりたいと声をかけるつもりが、結仁さんに先に言われた。

「先にどうぞ。すぐに上がりますから」

私は結仁さんに先に上がるように促して、その後に少しだけ間を置いてから自分も上がった。

脱衣場に結仁さんの姿はなく、何だかホッとした。

浴室から出て身体を拭いたあとに、ふわふわのガウンを身に纏う。

高級ホテルのアメニティはブランドのもので、髪を乾かすと艶々になり良い香りがしている。

「何か飲むか?」

ガウン姿の結仁さんはソファーに座って、シャンパンを飲んでいた。半乾きの髪のせいか、普段の結仁さんよりも艶やかさが増している。

私は胸を高鳴らせながら近付く。

「私は……お水かお茶が飲みたいです」

「持って来るから座ってて」

長風呂をしたせいか、少しだけ逆上せ気味な私は、遠慮なく座って待っていた。

結仁さんはわざわざグラスに氷を入れて、ペットボトルのお茶を注いでから持って来てくれる。

「ありがとうございます」

グラスを受け取るとすぐに一口飲んだ。水分が火照った身体に染み渡っていく。

隣に座った結仁さんからも、私と同じシャンプーの香りがする。

私を見た結仁さんは、優しく微笑む。目が合うと私は、視線が気になり出して俯いた。

「いつになっても慣れないな」

「え？」

「清良はいつまでも初々しい」

結仁さんはそっと私の頬に手を伸ばすと、ゆっくりと唇を重ねてきた。

「俺は今日こそは、清良を抱きたい。そろそろ、愛される覚悟をしろ」

結仁さんは唇を離したあとに、私の目を見ながら囁いた。

『愛される覚悟をしろ』だなんて、人生で初めて言われた。

胸の高鳴りは収まらない。

私は真っ赤になりながらも、頷く。すると結仁さんは軽々と私を抱き上げた。

「きゃっ……！」

そのままベッドルームに運ばれて、ゆっくりとキングサイズのベッドに下ろされた。

「途中でやめることはできないからな」

そう言いながら、私のガウンの紐を解いていく結仁さん。紐を解かれると一気に下着姿が露わになってしまう。

「色白で綺麗だな」

結仁さんに見下ろされながら指先で素肌に触れられると、私の身体はビクッと反応してしまう。今まで付き合った男性は居たが裸を見られたことなんてないので、恥ずかしさで身体が固まってしまう。

「大丈夫、できる限り優しくする」

「あ、あの……！　お願いがあります。明かりを少し暗くしてほしい……」

直視されると緊張して、身体に力が入ってしまいそうなので、できる限りは暗くして、あまり見ないでほしい。

「分かった」

結仁さんは明かりを暗めにして、リモコンで操作してガラス張りの大きな窓のカーテンを閉めていく。

カーテンが閉まるとより一層暗くなり、ベッドサイドの明かりが一番明るい気がした。

「これで心配事は何もないな」

結仁さんは「愛してる」と言いながら、額や首筋にキスを落としてくる。その度に私の身体は縮こまる。くすぐったいような、何だか変な感じがする。

「反応がいちいち可愛い」

クスクスと笑い出す結仁さん。

私は初めての経験なので必死に恥ずかしさを耐えるが、結仁さんは経験があるのか、随分と余裕そうだ。

そりゃそうだよね、結仁さんが経験がないわけないもの。

「わ、私……、初めてだから。何も分かりません」

経験がないから、怖くてたまらないもの。私はただ単に、横になっているだけでいいのかな？　痛がって嫌われたりしないかな？　まだ何もしていないのに、心配だけが頭の中を駆け巡る。

「清良の初めてをもらえるのはすごく嬉しい。そして、俺は君の生涯でただ一人の男になりたい」

妖艶な笑みを浮かべ、私の唇に自分の唇を重ねてくる結仁さん。

舌が絡み合うキスなんてしたことがないため、されるがままに流されていく。

「……はふっ」

「清良の可愛い顔がもっと見たくなる」

結仁さんは時に意地悪を言いながら、露わになった私の身体に指や唇で触れながら、じっくりと攻めていく。

「ゆい、とさん……！　もっ、やぁ」

結仁さんから受ける甘い刺激に耐えられず、うっすらと涙が溜まっていく。嫌ではないけれど、恥ずかしいのにこんなにも気持ちがいいなんて初めて知って、身体が仰け反ってしまう。

「ごめん、意地悪しすぎたな」

結仁さんは私の頭を優しく撫でてくれる。この優しさが心地好くて、背中に両腕を回して、ぎゅっと抱きつく。

怖くて、怖くて……自然と身体に力が入ってしまう。

「最初は少し痛いかもしれないけど、どうしても耐えられない時はちゃんと教えて」

「……はい」

このあとは、結仁さんが痛くないようにと唇を重ねてくる。

初めて身体を重ねた瞬間、痛いけれど我慢できないほどではなく、結仁さんにしがみつく。

「大丈夫か？」

私は、結仁さんの問いに頷いた。ついに結仁さんと結ばれて、私の心は喜びに満ち溢れる。

何度も可愛いだとか、綺麗だとか囁かれる言葉が、甘くて、少しくすぐったく感じる。

抱かれている間も、少しでも痛みや不安を取り除くように、結仁さんが私を気遣ってくれることが嬉しい。

「清良、大好きだ。君と結婚できてよかった」

「わ、たし……も、です」

火照りきった身体で、息も絶え絶えになりつつ、返事をする。

「ゆ、いとさん……が、好き」

素直な気持ちが自然と唇から零れた。大好きな気持ちを伝え足りない。

私の心の中は、いつの間にか結仁さんのことばかりを考えるようになった。日々、好きになっていくばかりだ。

結婚してからもプラトニックな関係は続いていたけれど、これで私たちは心も身体も通じ合ったことになる。

行為が終わってからも痛みは少しあるけれど、結仁さんが優しく私を抱き寄せてくれた。

「おはよう。目が覚めたか？」

「……はい」

翌朝、先に起きた結仁さんは備え付けのコーヒーマシーンで淹れたコーヒーを飲んでいた。

ゆっくりと身体を起こすと腰の辺りに違和感がある。鈍痛があるような、ダルいような……。

「カフェラテ飲むか？」

「ありがとうございます……」

結仁さんは私にカフェラテを注いでくれて、ベッドまで運んでくれた。

起きがけにキングサイズのベッドでのカフェラテ。

何て贅沢なのだろう。

「ミルクたっぷりで美味しい」

「そうか。よかったな」

結仁さんもベッドの端に座って、一緒に朝のコーヒータイムを楽しむ。

「清良、身体は大丈夫か？」

「……はい、大丈夫です。ちょっと腰回りが痛いようなダルいような気もしますけど平気です」

愛されたあとの痛みだから、我慢する。

「無理するなよ」

私は昨晩、初めて結仁さんと身体を重ねたのだ。

思い返せば、大胆で恥ずかしいことばかり。

あまり思い出してしまうと顔が真っ赤になるから、思い出したくない。

「朝食もルームサービスにしてあるから、ゆっくり支度して大丈夫だ」

先にコーヒーを飲み終わった結仁さんは、「朝風呂に入る」と言って浴室に向かった。

私もカフェラテを飲み終わり、マグカップをテーブルに置く。リモコンでカーテンを開けると良い天気で、太陽が眩しかった。

今日は結仁さんと海辺のカフェに行く約束をしている。今夜宿泊する高級旅館もオーシャンビューの部屋らしく、それも楽しみ。

私は重ダルい腰回りを解消するように、ゆっくりと背伸びをした。違和感はあるものの、幸せな痛みだと思って我慢する。

結仁さんが浴室から出たあと、私はシャワーを浴びに行った。ジェットバスの浴槽にも少しだけ入り、腰回りをいたわった。

ルームサービスは八時に届き、朝食を済ませた私たちは出発の準備をしてチェックアウトをした。

チェックアウト後は砂浜を歩いて海を眺めたり、お目当てのカフェにも行った。

お土産は最終日に購入すると決めていたので、私たちは二人きりの時間を思いきり楽しむ。

昨日のチェックインは十七時を過ぎていたが、今日はアーリーチェックインを予約してあると言っていたので、早めに温泉旅館に向かった。

「あの……、えと、本当にいいんですか?」

「うん。どうぞ、行ってらっしゃい」

結仁さんが早めにチェックインをすると言っていた理由は、十五時からエステルームを予約してくれていたからだった。

サプライズで予約をしてくれていたので驚きつつも、嬉しかった。

結仁さんて、私を甘やかす天才かもしれない。

エステは結婚式の時から数えて二回目だ。

良い香りがする部屋でボディバームを塗られて、ハンドマッサージをしてもらう。

心地好くて寝てしまいそうだった。

九十分があっという間で極上の時間だった。

私がエステを受けている間、結仁さんは部屋でくつろいでいると言っていたのだが
……。

「あっ、いい香りがする」

「結仁さん、ありがとうございました！　とても心地好くて、お肌もすべすべになりました」

私が部屋に戻ると、結仁さんはタブレットで英語の文章を読んでいた。

「お仕事ですか？」

「……あぁ。待ってる間に暇だったから、発表されたばかりの論文を読んでた」

私が戻るとタブレットの画面を消して、裏返しにしてからサイドテーブルに置いて充電器に繋いだ。

結仁さんはいつでも仕事のことが頭の片隅にあるんだな。

私なんて仕事のことは、これっぽっちも思い出さないのに。

結仁さんにとって、医師は天職なのだと思う。

「夕食まで時間あるから、バーに行かないか」

「いいですね、行きましょう」

おこもりプランというのがあるらしく、滞在中のレストランやバーでの飲食は全て料金に込みらしい。

夕食は海の幸がたくさんの懐石料理、朝食も和食で部屋まで運んでもらえる。客室には専用の露天風呂があるのでいたれりつくせりなのだ。

「絶対に仕事がない日にしか酒は飲まないことにしてるから、今日までは飲むことにする」

結仁さんは、急な呼び出しに対応するために自宅ではお酒を飲まない主義だ。しかし、新婚旅行中は仕事の呼び出しはないので、安心して飲むことができる。

「私も飲もうかな。甘くて美味しいのがいいです」

昨晩は夕食時に結仁さんと一緒にシャンパンを飲んだ。今日は甘くて美味しいカクテルが飲みたい。

バーに行くと座席には既に何組か座っていた。

「俺はジンバックとこっちには、甘くて美味しいカクテルを」

「かしこまりました。当店オリジナルのカクテル〝魅海（みうみ）〟が甘みもあり色合いが綺麗なので大変人気なのですが、いかがでしょうか？」

「では、それをください」

　オリジナルのカクテルはどんな風だろうか？　海の色だとしたら、淡いブルーかな。

「ジンバックって何ですか？」

「簡単に言うとジンをジンジャエールで割ったもの。俺は好きなんだよね」

　お酒は少ししか飲めない私も、ジンジャエール割りなら飲めるかもしれないと思った。

「お待たせいたしました。ジンバックと魅海でございます」

　結仁さんと話している間にカクテルが到着した。

　ジンバックは黄金色のカクテルで、魅海という名のオリジナルカクテルは、透き通る綺麗な水色のカクテルだった。

「わぁ、綺麗……！」

　私はあまりの綺麗さに、目が釘付けになってしまう。

　魅海のグラスの底には、濃紺の小さいクラッシュゼリーが沈んでいる。ゼリーを飲むために、太いストローが差してある。

「結仁さん、並べて写真撮ってもいいですか？」

「どうぞ」

私は記念にと、二つのカクテルを並べてスマホで撮影する。キラキラのカクテルが美しい。

黄金色のジンバックと透き通るブルーの魅海のカクテルは、まるで太陽と海を眺めているみたいで素敵だ。

「すみません、記念に撮影お願いしてもいいですか？」

私が撮影していると、結仁さんがスタッフを呼んだ。

「はい、ではお撮りいたしますね。にっこり笑ってくださーい！　はい、もう一回撮りまーす！」

私たちを二回撮影してもらい、確認を求められる。スタッフは撮影の対応に慣れているようで、とても親切にしてくれた。

カクテルも一緒に写っていて、お気に入りの写真になった。

私たちはスタッフにお礼を言って、カクテルを飲み始める。

「飲んでみるか、ジンバック」

「ありがとうございます。一口いただきます」

私は興味があり、結仁さんのグラスに口をつける。ジンジャエールの爽やかな甘みがあって飲みやすい。

「美味しい！　私も好きな味です」

「よかった。そっちのはどうだ？」

「飲んでみます？」

「いや……、見た目が甘そうだから大丈夫」

結仁さんに勧めたが、見た目だけで断られた。

「あっ、ラムネの味がします！　ほんのりメロンの味もするような……」

「美味しい？」

結仁さんは私を見ては、クスクスと笑っている。

「美味しいです！」

見た目も綺麗で甘くて美味しいから、人気があるのが分かる。お酒が得意じゃない人もきっと飲めるはず。だってラムネが入っているから。

「よかったな。幸せそうな清良を見てると俺まで幸せになるな」

はしゃぎすぎてしまっただろうか。けれども、結仁さんとの時間が濃密すぎて、これぱっかりは仕方ない。

「こんなにものんびりとした時間を過ごしてるなんて不思議なくらいです。とても幸せです」

私はそう言うと、ふふっと笑った。

カクテルを飲んだらほろ酔いになり、何だかとても良い気分。

綺麗な色をした可愛いカクテルだけれども、アルコール度数はなかなか高いのかもしれないな。

「素直な清良が可愛すぎる！　もっと飲ませたいくらいだが、露天風呂に入れなくなるからやめとく……」

「お部屋に露天風呂ありましたよね。海が見えるのかもしれません」

「きっと見えるよ。オーシャンフロントなんだから」

私たちはカクテルを飲み干すと館内を散歩してから、客室へと戻った。

客室に戻って足を伸ばしていると、夕食の時間が近付いていることに気付く。

「もうすぐ夕ご飯の時間になりますね」

「そうだな……」

成瀬先生は窓から景色を見ていた。

「綺麗だから、清良も一緒に見よう」

私は結仁さんに手招きされるまま、窓際に行く。すると客室の窓から遮るものもなく、夜の海が見えた。

夜の海は静かで、吸い込まれてしまいそうだ。

「夜の海は、なかなか見られないからな」

私たちは寄り添いながら、海を見る。

今日のこの日の記念に、しかと目に焼きつけておく。


あっという間に二泊三日が過ぎてしまった。楽しかった新婚旅行から帰って来て、余韻に浸れないままに結仁さんは、翌日に夜勤が入っている。

私たちは幸せいっぱいだった。

「ただいま、我が家!」

結仁さんは自宅に帰るなり、ベッドに直行して飛び込んだ。

夜遅くの帰宅だったので、壮真は明日の昼間に私がお迎えに行くことになっている。

壮真が居ないとこんなにも我が家は静かなんだな。夜はいつも壮真が居たので、少し寂しい。

明日、お土産を持って成瀬家に迎えに行ったら喜ぶだろうなぁ。私は結仁さんのお母さんと成瀬家のお手伝いさんがスマホに送ってくれた、壮真の写真を見ては癒やされている。

壮真とおもちちゃんの写真が本当に可愛いので、待ち受け画面にした。

「結仁さん、お風呂入ってから寝てくださいね」

気付いたら、結仁さんが洋服を着たままベッドの掛け布団の上で寝そうだった。

「分かったよ」

渋々とベッドから下りて、ジャケットを脱ぐ結仁さん。私はそのジャケットを受け取り、ハンガーにかける。

荷物の片付けは明日の昼間にするとして、まずはお風呂にお湯を張らなきゃ。

結仁さんは仕事の時はあまり寝なくても平気みたいだが、プライベートの時は眠りが深くなりがちだと言っていた。それはつまり、プライベートの時は安心しているからなのかもしれない。

私はお風呂のお湯が溜まるまでは、スーツケースの中から必要なものだけを取り出す作業をしようと思っていたが、その矢先に結仁さんが邪魔をしてくる。

「風呂、一緒に入ろう」

私を見つけた結仁さんは、背後から抱きしめてくる。

「え、嫌です。結仁さんは一人でゆっくり入って明日に備えてください」

明日の夕方から、結仁さんは夜勤が入っている。旅行で疲れただろうから、少しでもゆっくりしてほしい。

「やだ。じゃあ、風呂入らないで寝る」

私の肩に額を乗せる結仁さん。

「もう！　子どもみたいなわがまま言わないでください！」

急にわがままを言い始める結仁さんは、正直なところ手に負えない。

「明日は夜勤で居ないし、人目を気にせずいちゃいちゃできるのは今日しかないのに……」

「……ん、ちょ、結仁さん……！」

首筋が弱いことを知っていながら、キスを落としてくる。反則技を使って、私を陥れようとしている。負けたくないのに、結仁さんの手がトップスの中にまで伸びてきている。

「一緒に風呂入ってからにする？　それとも、ここでこのましようか？」

「ど、どちらも嫌！」

「清良はわがままだな。じゃあ、風呂入ろう！」

「わっ！」

身体が浮いたと思えば、結仁さんに持ち上げられて浴室まで運ばれる。きっと、一緒に入らないと片付けも進まないので、大人しく入ることにするしかないのかも。

「一緒に入りますけど、私のことを構ったりしないでくださいね。離れて入って！」

「……やだって言ったら？」

「一緒に入りません！」

「分かった。気をつける」

新婚旅行でも一緒に入ったけれど、そういう問題ではない。何度一緒に入っても恥ずかしいのは消えないから。

お風呂から上がると、結仁さんはウォーターサーバーから水をグラスに注いで飲んでいた。

気をつけると言ったくせに、結仁さんは私にちょっかいを出してきて、長風呂になってしまった。

既に午前零時を過ぎている。

「私もお水が飲みたいです」

「はい、どうぞ」

ふぅ～っと呼吸を整えるようにして、長く息を吐いた。結仁さんがグラスに注いでくれた水を勢いよく飲むと、すぐになくなってしまった。

「清良にお願いがあるんだけど、月見里教授のとこに行く時でいいから、お土産渡してくれる？」

結仁さんは、わしゃわしゃと自分の髪をタオルで拭きながら聞いてきた。

「分かりました。壮真を迎えに行くので、月見里教授のところに行くのは明後日になるかと思いますけど」

「いいよ、清良に任せる」

お土産を渡す先は成瀬家、月見里教授、今野さん、職場、あとは個人的に渡したいところに購入してきた。壮真にはキーホルダーとか色々と好きそうなものを見繕ってきた。

私は新婚旅行の余韻が消えないまま、まだ浮かれているような気もしている。

「月見里教授に新婚旅行の話も聞かせてやってくれ」

「はい、時間があれば」

私は仕事のあとに行くので、話せる時間がほとんどないかもしれない。けれども、雰囲気だけでも伝わったらいいな。

「壮真のことを一緒に迎えに行きたいが、夜勤とはいえ……早めに出勤するからごめんな」

「いえ、大丈夫ですよ。お仕事優先にしてください」

結仁さんは三日も病院を不在にしてしまったのだから、救命センターは大変だったと思う。

結仁さんと仲が良い、今野さんの旦那さんになる浅川先生が連携を取ってくれていたらしいが、心臓外科と掛け持ちの三日間は大変だったに違いない。

「起きたら、家政婦のスマホに電話してみる。壮真には、無事に帰って来たことを伝えなきゃいけないから」

「帰って来たばかりでゆっくりもできてないのに、すみません。でも、ありがとうございます。壮真は喜びますよ」

結仁さんは常に壮真のことも考えてくれるから、本当にありがたい。実の息子ではないのに、壮真のことが大好きでいてくれて嬉しい。

「結仁さん……」

結仁さんは水のおかわりをしている。

「いつも壮真のことを気にかけてくださりありがとうございます。家族とはいえ、結仁さんの子じゃないの……に……。いたっ」

私の額にいきなりデコピンが飛んできた。結構痛いやつだ。額がジンジンする。

「こらっ！　そういうことを言うのはなしだぞ！　俺は壮真の父親でもないし、赤の他人かもしれない。でも、俺は父親になるって決めたんだ。清良と俺の間に子どもができたって、分け隔てなく育てるつもりだ」

「ごめんなさい、そんなつもりじゃなかったのに……」

私はどうやら失言をしてしまったようだ。結仁さんが差別するような、そんな人ではないことを分かっていたのに……。

「分かればよろしい。さて、子作りしようか……！」

結仁さんは平然とした態度で言ってくる。

「え、ちょっと待ってください！　三日連続は無理ですー！」

「大丈夫だよ。朝寝坊したっていいんだから」

私は結仁さんに手を繋がれて寝室に連れて行かれる。

「風呂での続きもしなきゃ、ね」

「わ、私は……結仁さんの体力にはついていけませんよ？」

「そう言わずに頑張って。子育てはもっと体力使うと思うから」

いつの間にか、ベッドに押し倒されていた私。

「気が早いですよ、結仁さん」

「だって、早く赤ちゃんほしいだろ？　壮真だって、弟か妹がほしいと思ってるよ、きっと」

私だっていずれはほしいと思っているけれど、新婚旅行からの展開が早すぎて私にはついていけない。

「まぁ、今まで我慢してきた分、清良を思いっきり抱きたいのもあるけどな」

ニヤリと笑った結仁さんに唇を塞がれる。

積極的で甘い言葉を囁く結仁さんに迫られると、抗えない自分がいる。

押しに負けてしまうんだ。でも、結仁さんの肌の温もりは心地好くて、虜になってしまう。

七、喜びで満ち溢れる

計画年休で仕事が休みになったのだが、壮真は保育園に行ってしまった。何故なら、壮真は保育園の友達と遊びたいことの他に、今日は保育園で毎月行われる誕生日会がある。

誕生日会の催しは毎月変わるらしいが、今月はミニお祭り。先生手作りの輪投げをしたり、ヨーヨー釣りをしたり、ボーリングもするみたいだ。

わくわく楽しそうな壮真は張り切って保育園に行き、私は自宅に一人きり。

平日だから、出勤中の今野さんとはランチにも行けない。他の友達も土日が休みなので同様だ。

食材の買い出しに行くには、まだ朝の九時過ぎだし早い気もする。

通常の掃除はしたけれど、普段しないとこをしようかな？　それとも、プランターでちょっとしたガーデニング栽培でも始めるのもいいかもしれない。

見逃していたドラマを一気見するのもいいが、平日の昼間に用事もなく一人きりだと、何をしていいのか分からなくなった。

在宅ワークをしている時には、暇さえあればノルマをこなし、壮真が帰って来る前に買い物などを済ましていたから。

現在では結仁さんもいるので、一人で子育てを気負わずに済むから気分的には楽だ。

結仁さんは救急医なので不規則な生活スタイルだが、自宅に居る時は、以前と変わらずに壮真と遊んでくれるのでありがたい。

壮真も結仁さんが大好きで、『パパ』とは呼べないにしても、心の中では新しいお父さんだと思っているに違いない。

「ただいま」

「え？」

「そんなに驚かなくてもいいだろ？　浅川が手術の予定が入ってないからって、当番を代わってくれた」

何をしようかな？なんて考えていたところに結仁さんが帰って来た。夜勤明けだけれど、こんなに早く帰って来るとは思わなかった。いつもは午後とか、下手すると夜の場合や帰って来ない日もあるから。

救急医が足りていないので、昼間は他の医局とも連携を取りながらシフト調整をしているそうだ。

私はいきなりの結仁さんの登場に驚いて、変な顔をしていたかもしれない。

「おかえりなさい！　壮真はお誕生日会があるからって保育園に行ってしまって……一人なんです。だから、早めに買い物に行こうかとか考えてました」

「買い物は急がなくてもいいなら、ゆっくり過ごしたらいい」

「朝ご飯は食べましたか？」

「大丈夫、昼と一緒でいいよ」

結仁さんは「シャワーを浴びて来るから」と言って浴室に消えた。

ポツン……とまた一人になってしまった。

そうだ、結仁さんと一緒にお昼に食べるものを考えようかな。

私は冷蔵庫の扉を開けて食材を確認する。

薄切りの牛肉に豆腐にネギに……。

肉豆腐か、すき焼き風鍋ならできそうだ。

他には何が作れるだろうか。

スマホを持ってレシピを検索しながら、冷蔵庫の前に立っていると背後から声が聞こえた。

「何してるの？」

肩にバスタオルをかけて、髪が濡れたままで結仁さんは立っていた。レシピ検索に夢中になっていて気付かなかった。

「お昼、何にしようかなって思って……」

「お昼？　たまにはデリバリーにしようか。今日は清良が、のんびりする日だから」

デリバリー、か。

両親が生きている時にピザを頼んだ記憶はあるが、それから久しく頼んではいない。

「……でも、無駄遣いになっちゃうし、昼間から贅沢かなって思っちゃいます」

「たまにはいいでしょ？　清良がいつも頑張ってくれているご褒美だよ。それに、昼間だからって贅沢しちゃいけない決まりもない」

私は壮真と二人暮らしをしている時からのくせで、つい節約のことが頭をよぎってしまう。結仁さんがせっかく勧めてくれてるんだから、今日は甘えちゃおうかな。

「ふふっ、ありがとうございます。じゃあ、贅沢しちゃいましょうか！」

「清良は何が食べたい？」

「私は……お寿司かな」

今食べたいものを考えたら、お寿司だった。回転寿司ではない、お寿司が食べてみたい。

「いいよ。寿司にしよう」

結仁さんと一緒にソファーに移動した。タブレットを見ながら、デリバリーできるお寿司屋さんを探していく。

どこも美味しそうだけれど……。

「あっ、ここはどう？」

お店を探しながら、画面をスクロールしていると結仁さんが良さげなお寿司屋さんを見つけたらしい。

「鉄火丼とか海鮮丼もありますね。ここにしましょうか？」

「俺は海鮮丼にしよう」

私は、予定通り握り寿司にした。ランチタイム限定の握り寿司セットがあるらしく、茶碗蒸しやデザートもついてくる。

値段は張るが、結仁さんの承諾を得ているから大丈夫。でも、こんなに贅沢しちゃっていいのかな？と不安にもなる。ついつい節約のくせが出て、将来的にお金が足りなくなったりしたらどうしよう？などと考えてしまう。

「俺はちょっとだけ寝ようかな……」

お寿司をオーダーしたあと、結仁さんは大きな欠伸をした。

前日までに予約の店がある中で、当日でもいいお寿司屋さんが見つかってよかった。玄関先まで作りたてを届けてもらえるなんて、本当に贅沢だ。

私の手料理ばかりじゃ飽きているだろうから、結仁さんに相談して壮真の誕生日にもデリバリーでもいいかもなぁ。節約もしたいのだけれど、特別な日には美味しいものを食べさせてあげたい。

「一時に予約したので、まだまだ時間があります。どうぞ、寝てください。でも、髪の毛を乾かしてからにしてくださいね」

「分かった、行って来る」

結仁さんは渋々、洗面所に行き、髪を乾かして戻って来た。私は結仁さんが寝ると言っていたので、その間は何をしようかと考え始めた。

「自宅に帰るとすぐ眠くなっちゃうな。安心感があるからかな……。結婚前はこんなに眠くならなかったのに」

戻って来た結仁さんは再び、私の隣に座る。確かに結仁さんは以前、夜勤明けでも仮眠しているから大丈夫と言っていた。

結婚してからの結仁さんは眠りも深くなっていて、夜は病院からの緊急連絡がない限りは、朝までぐっすりと寝ている。

病院からの着信が入ると、どんなに眠りが深くともすぐに起きられる結仁さんは本当に尊敬する。

「ソファー倒していい？」

「え？　ここで寝るんですか？」

結仁さんはソファーを倒してベッド代わりにする。

「うん。ソファーベッドで寝るのも悪くない」

そんなことを言いながら、ブランケットを持って来てソファーで寝る気満々だ。

「清良も一緒に寝よ」

「え？　私は眠くないですよ？」

「清良はのんびりする日。俺は清良と二人でいちゃいちゃする日」

ん？　何かがおかしい。

「横になったら眠れるよ。ほら、おいで」

結仁さんは左腕を伸ばして、『ここ』と指をさしている。私は言われるがまま、結仁さんに腕枕をしてもらうが何だか落ち着かない。

「結仁さん、ベッドの方がよく眠れるんじゃないですか？」

結仁さんに、いつの間にか抱きしめられている。

「んー、清良が居ないと眠れない。眠るまで添い寝して」

結仁さんは時々、子どもみたいにわがままを言ってくる。でも添い寝しないと、いつまでも起きていそうだからするしかないか……。

「仕方ないですね、分かりました。添い寝だけ、ですよ？」

私たちはベッドに移動する。

「今日、俺が壮真を迎えに行くから」

ベッドにごろんと二人で横になると、結仁さんは思い立ったように発言した。

「え？　大丈夫ですよ。私が行きますから。結仁さんはゆっくり休んでいてください」

「今日は清良がのんびりする日なんだから、そうして。俺は朝、病院から走って帰って来たけど……まだ動き足りないんだ」

結仁さんは体力作りをしているからなのか、朝まで仕事だったというのにもかかわらず、そんなことを言っている。

「体力勝負のお仕事で、疲労は蓄積されていくんですから、気をつけてくださいね」

「……はいはい。気をつけます」

結仁さんは医師なのに、自分がやっていることが一番正しいと信じている。言うことを聞かない厄介な患者みたいだな。

「私は結仁さんの身体を心配して言ってるんですからね。結仁さんが倒れでもしたら、私も壮真も病院も困りますから」

「分かった、でも、今までやってきたことを急にやめるとなると体調不良になりそうだから、運動も適度に続ける」

「適度が一番ですよね。では、おやすみなさい」

いつまでも会話を続けていたら結仁さんが眠れなくなるので、私は話すのをやめた。おしゃべりをしないように体勢を変える。仰向けの状態から背中を結仁さんに向けて、顔が見えないようにした。

「清良？」

私が寝たふりをしていると、急に結仁さんが抱きしめてきた。

「少し目が覚めちゃったから、運動しないと眠れなくなった」

「ちょ、ちょっと……、結仁さん！」

結仁さんは私のトップスの中に手を潜り込ませてくる。いつの間にか、ブラジャーのホックを外している。

「運動にもなるし、清良といちゃいちゃもできる。一緒に寝れば、清良もゆっくりできるから、一石何鳥にもなるな」

「え、なりませんよ。そういうのは屁理屈っていうんです」

「聞こえない」

「……っん」

結仁さんに体勢を変えられて、仰向けにされたところに唇を塞がれた。

「二人きりでしかできないこと、しようか」

真上から見下ろされたら抗えない。つい、目を逸らしてしまう。

「明るいうちから恥ずかしいです」

「大丈夫だよ。清良も清良の素肌も綺麗だから」

「いつだって、お世辞ばかりですね」

「お世辞じゃない。本当に綺麗だ」

結仁さんは私のことを煽てるのが上手だ。

結仁さんに綺麗だと言われたら、嫌な気はしない。でも、駄目。また、流されてしまう……。

「デリバリーが届いたら困ります……」

「来たら、俺が対応する」

もう、結仁さんには何を言っても無駄かもしれない。

「清良、大好きだ。何回でも愛し合いたい」

スイッチが入ってしまった結仁さんを止めることなどできない。

「私も結仁さんが大好きです」

本日、二度目の口付けを交わした。


結仁さんに抱かれた私はお寿司が届いても寝ていて、十四時近くに起きた。

その後、約束通りに結仁さんが壮真を迎えに行き、帰りに買い物もして来てくれた。

夕飯は結仁さんと壮真で作る男飯だと言い、早速取りかかっている。

私はドキドキハラハラで見ていたのだが、結仁さんは普段からメスを握っているので、野菜は細かく規則正しい切り方だった。

褒めると『外科医は正確さが命だ』と言っていた結仁さん。壮真は結仁さんと相談しながら、味付けを担当していた。

「きーちゃん、できたよ。食べよう！」

「結仁さん、壮真、ありがとう。食べるのが楽しみ」

ダイニングテーブルには、ホカホカのチャーハンとわかめスープ、その二つと相性の良さそうな春雨サラダも並んだ。

「いただきます。……ふふっ、美味しい！」

チャーハンは市販の味付けを使ったようだが、カニカマや玉ねぎなど具材がたくさん入っている。わかめスープと春雨サラダは少し薄めの味だけど、充分に美味しい。

誕生日や何かの記念日でもないのに、二人で一緒に作ってくれて……私は本当に幸せ者だ。

「……あり、がとう」

「えー、きーちゃん、何で泣くの？」

「ごめんね、二人の優しさが嬉しくて……」

私はこの二人と一緒に暮らせて、家族という絆が再確認できた。

食べながら感極まってしまい、涙が出てきた。

「また作ってね」

私は涙を拭きながら、笑顔を見せる。

結婚生活は順風満帆で幸せそのものだった。

赤ちゃんも待ち望んではいるけれど、まだみたいだ。

結仁さんは、壮真がお出かけして居ない隙を狙って、二人きりのスキンシップをはかる。

私が有給消化の日や結仁さんが当直明けで休みの日とかに。

私は昼間から抱かれることに初めは抵抗があったが、結仁さんが自分のことを大切に思ってくれているし、二人きりになれるチャンスもそうそうないので受け入れている。

「またお泊まりしてもいい？」

壮真は瞳をキラキラしながら聞いてくる。

新婚旅行に行ってからというもの、壮真は成瀬家に泊まりに行くことが多くなった。月に二回は行っている。

壮真は結仁さんのご両親を祖父母だと思って甘えているのかもしれないし、夫婦になったばかりの私たちに気を使っているのかもしれない。

「いいけど、約束はしてきたの？」

「じぃじとばぁばがね、金曜日ならいいよって。保育園から帰って来たらお泊まり来てねって言ってたよ」

「そうなんだ。じゃあ、いつの金曜日が大丈夫か聞いてみようね」

「うん！」

今日は木曜日だから、今週だとしたら明日が金曜日だ。さすがに毎週はご迷惑をかけてしまうので、月に一度か隔週にしないと……。

私は『早く、早く』と壮真にせがまれて、その場で結仁さんのお母さんに電話をかけた。何回目かのコールで電話に出てくれて、お泊まりの件を伝えると今週でもいいと言われた。今後のお泊まりの件も相談すると、成瀬家は毎週でもいいと言ってくれたが、気が引けてしまうので隔週に決定する。

「ありがと、きーちゃん」

「どういたしまして」

壮真は結仁さんのご両親、お手伝いさん、おもちちゃん全員が大好きなのだ。

「きーちゃん、あのね……もう一つ聞きたいことがあるの」

「なぁに？」

壮真の聞きたいことは、お土産のことかな？

壮真は結仁さんのご両親が大好きな羊羹が苦手なので、違うお菓子を持って行きたいという相談かな？

「きーちゃんはもう一人のパパがいるでしょ？　もう一人のパパはどうしたの？」

「もう一人のパパ？」

「結婚式に来てた、パパだよ。元気なの？」

存在自体を壮真には内緒にしておくつもりだった。しかし、挙式に呼ぶにはそうもいかずに壮真にも話しておいたのだ。

詳しいことは教えていないのだが、私にはもう一人のお父さんがいるとだけ話した。すると壮真は、『家族がたくさんいるって嬉しいね。僕もお話ししたいな』と言っていた。

「もう一人のパパはね、成瀬先生の病院に入院してるんだよ。痛いのを治すためにお泊まりしてる」

「そうなんだ。僕、今度、お手紙書くから渡してもらえる？」

「いいよ。渡してあげるね」

私は嘘をついた。

痛いのを治すためだなんて、嘘だ。

月見里教授は抗癌剤治療も受けず、緩和ケアだけを受けている。本人は、『医師だから何でも知っている。治らないなら、如何に余生を過ごすかだな』などと言い、成瀬総合病院に入院している。

最近では食欲不振、倦怠感などが増してきたそうだ。壮真からの手紙もなるべく早く渡してあげたい。

「僕、お医者さんになりたいから。どうしたらなれますか？って聞いてみようかな？」

壮真は、手紙に書く内容を真剣に考えている。私の〝もう一人のパパ〟は成瀬先生と同じ医師だと、それだけは壮真に伝えてある。

「そうだね。でも、成瀬先生に聞いてもいいんじゃないかな？」

「あはは、そっかぁ。そうだね。成瀬先生にも聞いてみよう」

手紙の中には折り紙も入れたいと張り切っている。きっと喜ぶと思う。

できることなら、壮真から直接渡してあげたい。でも、月見里教授の元気ではない姿を壮真にはあまり見せたくはなかった。一時、穏やかな日々が続いたが、最近ではまた体調が悪くなってきて、もしかしたら死期が近付いているのかもしれない。

壮真は、結仁さんのご両親と約束した日にお泊まりに行く。

壮真が泊まりに行った日は夫婦水入らずで過ごす。

結仁さんは夕方まで仕事をして早めに帰宅しても、病院から呼び出される日もある。

呼び出しのない日はゆっくりと夕食を堪能し、私のことを抱き潰すので、翌朝は二人とも寝坊気味だった。

起床後も二人だけの時間を楽しみ、夕方は実家に壮真を迎えに行く。

結仁さんの仕事は常に忙しく、すれ違いの日もある。でも自宅には一人きりではなく、壮真も居るので寂しくはない。

「ただいまー！」

土曜日の夕方に、玄関先から元気な声が聞こえた。

玄関までお迎えに行くと満面の笑みを浮かべて、壮真が家の中に入って来る。

「おかえりなさい」

壮真は成瀬家に泊まりに行ったあと、送って来てもらったのだ。いつもなら迎えに行くのだが、今日は結仁さんのご両親が車で出かけると言っていたので、そのついでに帰りは送って来てくれたらしい。

壮真とお手伝いさんの二人は自宅の前で降ろしてもらい、ご両親はそのまま出かけて行ったので、私は顔を見ていない。

「ありがとうございます」

「いえ、気にしないでください。今回のご報告ですが、壮真君は旦那様と奥様と一緒にランドセルを見に行かれました。気に入ったものがあったようですよ」

お手伝いさんはいつも壮真が泊まった時に何があったのかを報告してくれる。まるで、保育園の連絡ノートのやり取りみたいだが、大変ありがたいと思っている。

壮真は年長さんになったので、小学校入学の準備を少しずつ始めていた。そのため、結仁さんのご両親も協力してくれている。

受験はせず、私立ではなく公立小学校を選択することになった。結仁さんは中学受験はした方がいいと言っているので、時期を見て塾にも行かせるつもりだ。

「僕、紺色にするの。成瀬先生の病院のお洋服の色だよ。カッコイイもん！」

「そうなんだ。成瀬先生と同じ色にしたいんだね」

「うん。成瀬先生みたいにお医者さんになりたいから」

壮真はこの他にも成瀬家のことをペラペラと話し出す。ご両親とも、おもちちゃんともたくさん遊んで来たようだ。

「では、今日はこれで失礼いたします」

「ありがとうございました。今後ともよろしくお願いします」

玄関先でお手伝いさんは一礼をする。このまま直接、帰宅するそうだ。壮真はバイバイとお別れして、窓際に向かう。窓際に移動してからもバイバイと手を振り続けると、壮真に気付いたお手伝いさんも手を振り返してくれた。

お手伝いさんも帰ってしまい、しょんぼりとしてしまう壮真。成瀬家の皆さんは本当に良くしてくれて、感謝してもしきれない。

「壮真、私のもう一人のお父さんからお返事きてるよ」

壮真がしょんぼりしてしまったタイミングで、月見里教授から預かっていた手紙を差し出した。壮真が成瀬家にお泊まりしている間にお見舞いに行った時、渡された手紙だ。

最近では起き上がることすら辛くなってきたようで、妹の真弓さんが代筆しているが、二人の手紙交換は続いている。しかし、今回は……。

「えっと……、この文字はありがとうかなぁ?」

壮真に手紙を見せられて確認するが、一言だけ何かが書いてある。壮真が言うように『ありがとう』かもしれない。

読めないくらいに乱れている字。きっと痛みを我慢しながら、月見里教授が力を振り絞って書いてくれたのかもしれない。

「そうだね。きっと、ありがとうだよ」

どうしても、最後に自分で書きたかったに違いない。

壮真は子どもながらに気になったことを聞いてくる。

「どうして、ありがとうだけ書いてあるのかな？」

「手が痛くて書けなかったのかな？」

「そっか。注射したんじゃない？ 僕も注射したら痛いもん」

私は壮真に余計なことは言わないが、月見里教授の身体は相当弱ってしまったに違いない。

壮真はきっと予防接種をした時、少しだけ腕が腫れて痛かったことを思い出して納得してくれたのかもしれない。

私は私で、朝から胃がムカムカしていた。

壮真が出かけている間に、私は少しだけ横になっていた。

直近では生ものを食べたわけでもないし、胃腸炎などの感染症が流行っているとも特別聞いていない。

何だろうか……？

「壮真、おやつ食べようか？」

「うん、食べよう」

今日のおやつは壮真の大好きなプリンだ。その他にもあるが、とりあえずはプリンに生クリームを少しだけ絞ってから出す。

「きーちゃんはプリンいらないの？」

「うん。あとで食べるね」

実はこのプリンは、成瀬家のお手伝いさんの手作りだ。送って来てくれた時に、一人一個ずつと受け取ったものだ。

ほどよい硬さで、ほんのり甘くてたまごたっぷりな味。

この他にも手作りクッキーももらった。チョコチップや抹茶、バタークッキーなどたくさん焼いてくれた。

「美味しかったぁ。もっと食べたいなぁ」

「まだあるけど、成瀬先生と私の分でしょ。クッキーなら少しだけ食べてもいいよ」

私がお皿に少しだけ取り分けると、壮真は早速、手を伸ばして食べていた。

「美味しい」

にこにこ笑顔の壮真を見ていると幸せな気分になるが、私は急に気持ちの悪さが込み上げてきてトイレに向かった。

「きーちゃん？　大丈夫？」

「……うん、大丈夫だよ。ちょっとね、気持ち悪くなっただけなの」

「それならいいけど……。また入院したら大変だから」

壮真は心配して背中をさすってくれた。私がまた、急に倒れないか心配してくれている。

私はトイレで嘔吐してしまったが、まだ胃がムカムカしている。まるで二日酔いみたいな気持ちの悪さだ。

これは一体、どういうことなの？

もしかして、……とは思うけれど。

この変な気持ちの悪さは、妊娠しているのかな？

日勤の結仁さんにメッセージを送り、帰りに薬局で妊娠検査薬を購入して来てもらった。

「悪い、遅くなった。清良、大丈夫か？」

私は四六時中気持ちが悪くて、冷や汗も出てきた。

「これは、頼まれたもの。歩けそうなら、調べてみるか？」

「はい……」

私は結仁さんに支えられて、トイレまで移動する。

検査薬を初めて使用するが、待っている間はとても緊張する。

「あっ……！」

トイレの中で、思わず声を上げてしまった。

妊娠検査をすると陽性反応が出ていた。

私はもしかしたら？とは思っていたが、本当に妊娠しているようで嬉しくなる。

「ゆ、結仁さん」

トイレから出るとまずは結仁さんに報告する。

「え、……お、おめでとう！　やったな、清良」

結仁さんも妊娠検査薬を見ると大喜びしている。

壮真には産婦人科に行って、きちんと陽性だった時に話そうということになった。

時々、弟や妹がほしいと言うようになった壮真をぬか喜びさせたくないもんね。

翌々日の月曜日に急遽、仕事もお休みして成瀬総合病院の産婦人科で診てもらった。産婦人科の個人病院は減ってきている。成瀬総合病院の産婦人科の外来は常に予約でいっぱいだ。

結仁さんが産婦人科の医師に声をかけてくれて、外来の前に診てもらえることになった。フリーパスみたいで申し訳なかったけれど、気持ちの悪さに耐えられそうもなく、お願いした。

「現在は、妊娠二ヶ月ですね」

「やったな、清良……！」

やはり妊娠したようで、結仁さんも喜びに浸っている。

「わ、たし……、ママになるんですね」

「そうだ。俺がパパで清良がママで、壮真は兄貴だ」

世の中のお母さんたちはつわりの苦しみを乗り越えて、更には陣痛も乗り越えて、赤ちゃんを出産しているので、私はまだスタートラインに立てただけ。

「結仁さん、私は自分がママになるなんて、まだ信じられませんが頑張りますね」

「頑張らなくていいよ。辛い時は辛いって言ってくれていいし、無理だけはするな」

産婦人科の先生から、まだ二ヶ月なので心拍が確認できるまでは家族以外の周囲への報告は待ちましょうと告げられる。

私たちは産婦人科のスタッフにお礼を告げて、病院の廊下に出た。

結仁さんは無理するな、と言ってくれるけれど……私は私なりに無理はしちゃうと思う。

つわりが大丈夫そうなら仕事も休みたくないし、壮真のお迎えも家事もしっかりとこなしたい。だけれど、一人で子育てするわけではない。

結仁さんも壮真も、成瀬家のご両親だって居る。だから大丈夫だよね。

これから先、大変なこともあると思うけれど、赤ちゃんが私をママに選んでくれたから頑張らなくちゃね。

病院から帰宅して、壮真と結仁さんのご両親に報告すると、とても喜んでくれて幸せを噛みしめる。

余命を宣告されている月見里教授も、奇跡的にまだ存命している。

体調のいい時には会話もできて、『清良に出会えたことで良い細胞が活性化されたのかもしれないな』と冗談交じりに言っていた。

お見舞いの時に月見里教授にも妊娠のことを伝えると、またもや涙を浮かべていた。

相変わらず涙腺が弱い。

しかし、妊娠の報告をして間もなく、月見里教授が亡くなった。

良い細胞が活性化した話は、一体どこにいってしまったのか？　孫ができたと喜んでいたのにな。

月見里教授の妹さんが『余命宣告をされてからも長生きできて幸せ』と言っていたと教えてくれた。ならば、もう少しだけ……待っていてほしかった。無理な話だったかもしれないが、孫に一目でも会わせてあげたかったな。

奥さんが亡くなってから、妹さん以外、親戚付き合いもなかった月見里教授の葬式は、実の妹夫妻が執り行った。

月見里教授の遺産は実の妹と私に回ってきたが、教授の遺言に『清良が受け取り拒否をしたいならば、そのお金を成瀬君の病院のために使ってほしい』と書いてあったので、そうすることにした。月見里教授も、私が受け取らないような気がしていたらしい。

月見里教授の葬儀後、四十九日の法要も済ませる。

悲しみに暮れていた私と結仁さんだったが、生まれてくる赤ちゃんを楽しみにして元気を出していく。

私は手をぎゅっと握りしめ、気合を入れる。
壮真と赤ちゃんの二人の母として、一生懸命に子育てしよう。
結仁さんの良き妻でもいたいから、努力は怠らない。

天国に居る二人のお父さんとお母さんへ。
元気な赤ちゃんを産めるように見守っていてね。
私たち家族は、今以上に賑やかで幸せな家族になりたい。
その日を夢見て頑張ります！

エピローグ

壮真は小学校五年生になり、結仁さんへの憧れから医大を目指すと頑張っている。

中学は都立の進学校か私立の進学校の入学を目標に、塾にも通っている。

リビングで宿題をやり始めた壮真の隣に、私と結仁さんの愛娘の紗優(さゆ)がお絵描き帳を持って来る。

「おにーちゃん、さゆもおべんきょうする」

壮真は小学校から帰宅して塾がない日は、おやつを食べて、リビングで宿題をしてから遊びに行くか、自分の部屋で過ごすかがルーティンになっていた。

紗優は壮真が大好きで、兄が帰って来ると、一目散に玄関先まで走る。

「紗優、テーブルにお絵描きしちゃ駄目だからね」

「うん、分かった！　でもね、さゆはおっきく描きたいの」

紗優は両手を大きく広げて、「こーんなのに描きたい」と言ってジェスチャーしている。

「宿題終わったら、おっきいのに描こう。今はノートに描いて」

「ノートぉー？　さゆもおにーちゃんみたいな線があるのにおべんきょしたい」

「待ってて、新しいノートあげるから。一緒に取りに行こう」

壮真は紗優の手を優しく繋いで、自分の部屋にある予備の大学ノートを取りに行く。

紗優が宿題の邪魔をしてきても壮真は怒らないどころか、一緒に遊んでくれる。兄妹の仲が良くて微笑ましい。

「あっ……」

スマホにメッセージが届いたと思ったら、妹だった。

妹には結仁さんとの結婚が決まった時と、紗優の妊娠が発覚した時にも連絡をした。両親のお葬式と遺産相続のあとはまた疎遠になっていたので、返事がなく諦めていた。しかし紗優が生まれてしばらくして、向こうからメッセージアプリに連絡をくれた。その時のメッセージは、東京を離れて地方で住み込みで働くことにした、とあった。真面目に元気に暮らしているようで安心している。

それから数年後の今日、久しぶりに連絡がきた内容には……包容力のある年上の男性に見初められ、近いうちに再婚すると書かれていた。

写真で見る限り、妹が今まで付き合ってきた軟派なタイプではなく、少し恰幅の良い真面目そうな方だ。地方の地主さんの息子さんで、人当たりも良く、人望も厚いらしい。

よかった、今度こそは妹も幸せになれそうな気がする。

文の終わりに、『壮真のことお願いします。きっと……今更、私が迎えに行くよりも、お姉のところで今まで通りに過ごした方が幸せだから』とあった。

壮真は知らなくてもいいことかもしれない。壮真は私の両親が、実の両親だと信じているから。

いつの日か、真実を話せる日がきたら話そう。きっと、中学生から高校生くらいになれば、壮真も真実を受け入れられると思うから。

「ちょっと、駄目だって！　宿題のノートには描いちゃ駄目！」

壮真の邪魔をしている紗優は、何やらノートに悪戯しようとしている。

「さゆも学校行きたいんだもん！」

「幼稚園に通ってるだろ！」

紗優に未使用のノートをあげたのに、壮真の宿題用のノートにお絵描きをしてしまったようだ。

「きーちゃん、紗優に落描きされた。笑われちゃうよ、こんなの……」

紗優は壮真のノートの裏表紙にうさぎみたいな動物を描いてしまった。

「もったいないけど、そのノートは自宅用にして……新しいノートを使ったら？」

「そうする」

壮真はしょんぼりしていたが、紗優は全くもって気にしていない。

「おにーちゃん、こっちの、おべんきょのノートはいる？　いらないなら、さゆにちょうだいね。さゆも、ひらがな書くの」

「あっ、こら！　やめて！」

紗優は壮真のスクールバッグから、勝手に他のノートを取り出して、書こうとしている。

諦めた壮真は溜め息を吐いた。私も紗優を止めに入ろうと思った時、玄関のチャイムが鳴った。

「あっ、パパかも！」

紗優は一目散に玄関へと走り出す。

「パパー！」

「わっ、びっくりしたぁ。紗優、ただいま」

玄関の扉が開くなり、結仁さんに勢いよく抱きつく紗優。

「パパー、赤ちゃん、まだ出てこないの。はやくちてーって毎日お願いしてるのに」

私は現在、二人目を妊娠していて、壮真も手隙の時は家事育児を手伝ってくれている。

結仁さんは「きっと、もうすぐだよ」と紗優に返して、にこにこしながら靴を脱いだ。

紗優は女の子だが、お転婆盛りの五歳だ。

毎日のように走り回り、アクティブに過ごしている。お絵描きや壮真の真似事も大好き。

結仁さんの性格ではなさそう……と思ったが、「幼い頃はやんちゃだった」と結仁さんは、お母さんから言われたことがあると言って笑っていた。

【番外編】パパと呼ばれた日

暦の上では秋ではあるが、まだ半袖でも大丈夫な十月。夕方になると少しだけ、ひんやりしてきたような気がする。

清良は結婚してからも、病院での事務の仕事を続けている。現在、彼女は妊娠六ヶ月になり、妊娠中期に入った。つわりが酷くて仕事を休んでいた期間もあったが、その時期を越えてからは休まずに仕事に行っている。

俺としては妊娠していることだし自宅でゆっくり過ごしてほしいのだが、清良は『少しでも動いて過度な体重オーバーを防がないと……』と言っていた。

お腹も目立っていないし、見かけはさほど変わっていないような気もしているけれど……。母子共に健康が一番だと思うので、動いていた方がいいという清良の意思を尊重している。

壮真の保育園へのお迎えも、行ける時は行っている。俺の方が先に仕事から帰れる日は、病院から真っ直ぐに保育園に向かう。そして、帰りにスーパーに寄って、清良に頼まれたものを買って帰るのがお決まりだ。

保育園に迎えに行く度、子どもたちの元気な声や笑い声が響いている。その中に、壮真の姿を見つけると心が温かくなる。

「成瀬先生！」

壮真が俺を見つけた瞬間、キラキラした目を輝かせて嬉しそうに近寄って来た。まるで小さな太陽みたいな彼の無邪気な笑顔に、全ての疲れが吹き飛んでしまう。

「壮真！　迎えに来たぞ」

「わぁっ！」

壮真に会うなり、思わず抱き上げる。彼の小さな身体が、俺の腕の中で弾む。彼の笑い声は、まるで幸せの音色のようだ。

「こんにちは、成瀬さん」

保育園の先生が優しい笑みを浮かべて、話しかけてくる。壮真の担任の先生だという彼女の笑顔にも安心感があり、心が和む。

「壮真君、八段まで跳び箱が跳べるようになったんですよ。年長組さんで初なんです！」

先生の言葉に、驚きと誇らしさが胸に溢れていく。壮真は頭のいい子だと思っていたが、運動神経もいいんだな。

「そうなんですね。頑張ったな、壮真」

俺は壮真の頭を、わしゃわしゃと撫で回した。壮真はくすぐったいような顔をしている。壮真の瞳が嬉しそうに輝いているのを見ると、こちらまで幸せな気持ちになる。

「僕、跳び箱が得意だよ。走るのも好きだし、ぴょんぴょんするのも好き」

壮真の言葉には、自信が溢れていた。その姿を見ると、彼の成長を清良と一緒に支えることができている喜びが胸に広がる。これからも一緒に、たくさんの思い出を作っていきたい。

「さて、先生にご挨拶して帰ろうか」

「うん！」

俺は、抱っこをしていた壮真を下ろす。

壮真は部屋の中にある通園リュックを走って取りに行き、再び戻って来る。

「先生、さようなら！」

「今日も一日、お世話になりました」

俺たちは、先生に挨拶をして園外に出た。歩き出す前に、メッセージアプリで八段の跳び箱が跳べたことの報告を清良にする。そして、いつも通りに手を繋いで、自宅付近にある馴染みのスーパーまで歩いて行く。

「成瀬先生、今日のお買い物なぁに？」

「今日はひき肉、キャベツ、人参、食パン、醤油を買って来てほしいんだって」

早く帰れると清良にメッセージを送ると、仕事中にこっそりと買い物してほしいものを送ってくれる。最初は遠慮をしていた清良だったが、お迎えのついでだからということで任せてくれるようになった。

「そっか！　僕、ちゃんと覚えておくからね」

壮真はにこっと笑うと、買う物を繰り返し言葉に出していた。

「成瀬先生、僕ね……」

「どうした？」

少し歩いてから壮真は何かを言いたげに口を開いたが、すぐにその言葉をのみ込んでしまった。壮真の表情には一瞬、悩みを抱えるような影が見えた。

俺に何かを伝えようとしているのだが、その内容が彼にとって簡単なことではないのかもしれない。心に秘めた思いが、彼の口元を閉じさせる。

「えっと、ね……。今日のお給食はね、フルーツサンドが出たんだよ。桃とかミカンが入ってるの。ケーキみたいに生クリームも入ってるんだよ」

「美味しそうだな」

教えてもらったフルーツサンドは、コッペパンに生クリームと新鮮なフルーツが挟まれている特別なメニューで、滅多に出ないものらしい。話してくれた壮真の声には、嬉しさと興奮が混じっていた。

しかし、話したいことは別にあるのだと確信している。途中で話をやめたということは、きっと話しにくいことなのかもしれないな……。

「とっても美味しいよ。お家でも作りたいな」

壮真の瞳がキラキラと輝き、夢見るような表情を浮かべる。そんな彼を見ていると、自然とこちらまで笑みが零れる。

「そうだな。今度、きーちゃんに作ってほしいと頼んでみようか？」

「うん！　僕も一緒に作るよ」

壮真はそう言った瞬間、期待に胸を膨らませているのか、笑顔が一層引き立った。何か特別なことを一緒にするということが、二人の心を更に近付けていく。

この小さなやり取りの中に、壮真の心の奥に秘めた思いが垣間見えるような気がした。

お互いの手がしっかりと繋がっていることで、何気ない日常が少しずつ特別なものに変わっていくのだと実感しながら歩いて行く。

「あっ、成瀬先生のスマホからピヨンッて聞こえたよ！」

壮真は音に気付いて俺に教えてくれる。

「もしかしたら、きーちゃんかな？」

俺はポケットからスマホを取り出して画面を見ると、清良からだった。『壮真にご褒美を二つ買ってあげてください』とある。壮真に伝えると、ぴょんぴょん跳びはねながら喜んでいる。一つ目は元気に保育園に通えたことで、二つ目は跳び箱を上手に跳べたご褒美らしい。

「やったー！　アイスとお菓子にするね。アイスはバニラにして、お菓子はたい焼きさんを作るのにしたいな」

壮真の声から、自分の考えを楽しんでいるのが伝わってくる。まるで、彼の頭の中で色とりどりのスイーツが踊っているかのようだ。

「たい焼きさん？　簡単に作れるのか？」

俺は少し驚いた。たい焼きは魚の形をした和菓子だが、それが家で作れるとは……。

「作れるよ。たまにね、きーちゃんがご褒美買ってくれる時は、作るお菓子にしてるんだよ」

〝作るお菓子〟が何かは分からないが、俺に教えてくれる壮真を見ていると、その楽しさが伝わってくる。

「そうなんだ。作ったら、俺も食べてみていい？」

興味が湧いてきた。どんな味がするのか、どんな見た目なのか、わくわくする感情が胸に広がる。

「いいよ、作ったらあげるね。それとも一緒に作る？」

「いいのか、一緒に作っても？」

「うん！」

壮真は嬉しそうに頷く。その表情には、俺を喜ばせることに対する純粋な嬉しさが溢れていた。

スーパーに着くと、ちょうど夕方のタイムセールが始まった頃で賑わっていた。まずは頼まれた食材をカゴに入れていく。

「成瀬先生、マヨネーズも少ししかなかったから買ってもいい？」

壮真はまだ俺に遠慮をしているのか、少し不安げだった。家族なんだから、遠慮なんてしなくていいのに。

「うん、買って行こう」

壮真は、清良の代わりに冷蔵庫内の不足品を知っているようで、他にもケチャップも買おうと言っている。

「きーちゃん、赤ちゃんがお腹に居て、お買い物があんまりできないの。だから、僕が、冷蔵庫にないものを覚えてるんだ」

彼の言葉には、責任感が滲んでいる。

「そっか、壮真は偉いな」

壮真がまだ年長組であることを考えると、その賢さが益々際立つ。子どもながらに大人の気持ちを理解しようとしている姿勢に、心が温かくなる。

「最後にたい焼きさんとアイスも買うね。成瀬先生は買いたいものないの？」

「そうだなぁ？　きーちゃんにお土産を買って行こうか？」

「うん、そうしよう！」

清良は妊娠中でカロリーや体重増を気にしているので、お菓子とかよりもノンカフェインのお茶やコーヒー類がいいかな。

壮真と一緒にノンカフェインの飲み物を見に行き、その帰りにお菓子コーナーとアイスコーナーに寄った。壮真が言っていた〝たい焼きさん〟とは、知育菓子のことで、ミニチュアサイズのたい焼きが作れるらしい。

「僕もスーパーの袋を持つよ」

会計を済ませてからスーパーの外に出ると、壮真が軽い方のスーパーの袋を持ってくれた。

「ありがとな、壮真」

「僕、赤ちゃんにカッコイイって言われたいから頑張るね」

壮真の成長を感じられるので、俺は二人で一緒に買い物をすることが益々楽しみになった。帰りながら、壮真の買ったお菓子でどんなものができるのか、その結果を待ち遠しく思う。

買い物の帰り道、スーパーの袋を持っていない手を繋いで帰った。壮真の小さな手は、俺の手をしっかりと握りしめてくる。その温もりが心に染み渡り、ほんのりとした安心感が胸に広がっていく。

周囲の景色が流れていく中で、彼の存在が一層大切に思える。こんな日々がいつまでも続けばいい、そう願いながら自宅までの道のりを歩く。

「そういえば、壮真……」

ふと、壮真が言いかけたことを思い出す。すると彼の目が一瞬不安そうに揺れたのを、俺は見逃さなかった。

「なぁに？」

壮真は少し緊張した様子で俺を見上げる。その無邪気な顔には、少しの勇気と戸惑いが混ざっている。

「さっき、言いかけたことがあっただろ？」

俺が優しく問いかけると、壮真は少し困った顔をした。どんなことを言おうとしていたのか、気にはなるが……本当に言いづらいみたいだ。

「あのね……」

壮真の声は小さく、その口からはなかなか言葉が出てこない。彼の心の中で、何かが揺れ動いているのかもしれない。

「今日じゃなくてもいい。明日でも、明後日でも……言いたくなったら言ってくればいいよ」

壮真の俺の手を握る力がぎゅっと強くなった。言いたくなさそうだから、俺は無理に聞き出すのはやめにしようと思った。

「うん……、今言うね。あのね……、保育園のお友達に、何で〝先生〟がお迎えに来るの？って聞かれたから……」

壮真の口から、言葉がようやく形になった。確かに、俺のことを〝成瀬先生〟と呼んでいる。

壮真は周りの友達と自分を比べながら、何か不思議に思っているのだろう。俺は、彼の中にある疑問を大切に受け止めてあげたいと思った。

「そうか、友達に聞かれたんだな」

壮真は少し考えてから頷く。その表情には、少しだけ安心が見え隠れしていた。彼の小さな心の中で、俺の言葉がどのように響いているのか、気になるところだ。

「きーちゃんは僕のお姉ちゃんでしょ？」

「……うん」

正確には、清良は壮真の伯母にあたる。でも、このことはまだ壮真は知らない。

彼が知っている家族の形に新しい人物が加わることで、日常がどう変わるのか、少し不安に思いながらも、心のどこかでわくわくしているのかもしれない。

「ママじゃないの。だから、成瀬先生も僕のパパじゃないから、どう呼んだらいいのかな？」

見下ろすと、壮真は困ったような表情を浮かべている。

「そうだな。俺は壮真のもう一人のパパになりたいから、パパって呼んでもらいたいけど……」

この機会に、俺自身の正直な気持ちを壮真に話そうと思う。

「もう一人のパパ？　きーちゃんにも居るよね」

清良のもう一人のパパとは、〝月見里教授〟のことだ。

「うん、きーちゃんのもう一人のパパも病院の先生だな」

「じゃあさ、僕にも、もう一人パパが居てもいいってことだよね？」

壮真はパパ問題のことを自分なりに解決したのか、急に目を輝かせて聞いてきた。

その目は希望に満ち、心の中では新たな家族ができることへの喜びが広がっていた。

「うん」

「じゃあ……成瀬先生のお名前は結仁だから、結仁パパって呼んでもいーい？」

〝結仁パパ〟か。何だかくすぐったい響きだけれど、嬉しい気持ちでいっぱいだ。

「いいよ。友達に呼び方を何か言われたら、俺が話をしてみるから心配するな」

「うん！」

壮真は元気よく返事をした。その瞬間、彼の顔がぱっと明るくなり、純粋な愛情に溢れた笑みが浮かんだ。彼の世界にどんな光をもたらすのか、希望で胸がいっぱいになっていた。

「結仁パパか……！　その呼び方で呼んでくれたら嬉しいよ」

「なる……、結仁パパね。僕、今日からそう呼ぶから」

壮真ははにかみながら、俺のことを〝結仁パパ〟と呼んだ。

彼の頬が赤らむ様子は、無邪気でありながらも、以前よりも信頼してもらえたようで特別に感じられた。

俺も照れくさかったが、壮真の父親になってもいいんだと思うと、心から嬉しかった。呼び方一つで壮真との関係が深まり、胸が高鳴るのを感じた。

「僕はきーちゃんの弟だから、赤ちゃんは妹？」

壮真の言葉には、子ども特有の素直さと柔らかさがあった。彼の思考の中で、家族の形が少しずつ作られているのを感じる。

「きーちゃんが壮真のお姉ちゃんで、赤ちゃんのママでも、壮真は赤ちゃんのお兄ちゃんに間違いないな」

「うん！　僕、お兄ちゃんになるから、赤ちゃんのことたくさん可愛がるね」

壮真はもうすぐ六歳になるが、まだまだ子どもだ。そんな彼が、新たな家族への期待を抱きながら一生懸命に考える姿に、愛おしさが溢れてくる。

赤ちゃんが生まれることで、彼の世界がどんな風に広がるのか楽しみだ。赤ちゃんが生まれても、今まで以上に甘えさせてあげたいという気持ちが自分の心に宿っているのを感じた。

「な、……ううん、結仁パパが居ない時は、僕が赤ちゃんのことお世話するんだ」

〝成瀬先生〟と呼ぼうとして言い換える壮真が可愛らしい。その姿に、愛情が込み上げてくる。

彼の純粋さと真剣さは、家族の未来を明るく照らす光のようだった。壮真の思いやりが、これからの関係をより強く結びつけていくのだろう。

「ありがとな、壮真」

俺は壮真を見て微笑んだ。その瞬間、彼の無邪気な笑顔が心に温かい光をもたらした。

自宅に帰ると、清良が既に居てキッチンに立っていた。帰宅して、彼女の気配を感じると何だか心がホッとする。

キッチンからは野菜を煮ている香りが漂ってきて、まるで家庭の温もりを象徴するようだった。

「きーちゃん、ただいまー！」

壮真が洗面所で手洗いうがいを済ませると、清良の元へ駆け寄って行く。その姿は、まるで雛鳥が母鳥の元に戻るような無邪気さがあり、見ているこちらも笑顔になってしまう。

「おかえりなさい」

清良は優しく微笑み、壮真にそっと抱きつく。壮真はそのままお腹に耳を当て、まるで赤ちゃんの声を聞こうとしているかのようだ。

「赤ちゃん、元気かな？　お兄ちゃんが帰って来たよ」

壮真の言葉には、赤ちゃんへの愛情が溢れていた。耳を当てながら、お腹に向けてそっと話しかけている。その姿は、兄としての自覚が芽生え始めた証しのようでもあり、何とも言えない愛おしさを感じさせた。

「うん、元気だよ。壮真、跳び箱八段跳べて偉かったね」

清良の言葉に、壮真は目を輝かせる。

「僕、保育園でね、一番に八段跳べたんだよ！」

壮真は誇らしげに言い、子どもらしさ全開の笑顔を見せた。清良はその瞬間、壮真の頭を優しく撫でる。

姉というよりも母としての愛情が溢れ、親子の温かい絆を感じる瞬間だった。清良の手の平が、壮真の未来を優しく守っているように思えた。

「よく頑張ったね。パパとママにも報告しておいで」

「分かった！」

壮真が仏壇のある部屋に走って行くと、声が微かに聞こえてくる。彼が小さな声で、真剣に報告している姿を想像すると心が和む。

「結仁さん、買い物して来てくれてありがとうございました。今日はロールキャベツにしようかなって思ってます」

清良の声に、ふと嬉しい気持ちが広がる。

「ロールキャベツか、楽しみだな」

清良の作る手料理が楽しみで、思わず口元が緩む。

お互いに目が合うと、自然と微笑み合う。家庭の温かさが、心にじんわりと染み込んでくる。

「今日、壮真が俺のことを結仁パ……」

そう言いかけた時、壮真が「結仁パパー！」と元気に呼びながらやって来た。その声には無邪気さが詰まっていて、思わず胸が熱くなる。

「たい焼きさん、一緒に作ろう！」

「分かった、今行く」

壮真は清良に聞かずに、たい焼きの知育菓子を作ろうとしていた。いつもなら『ご飯前にお菓子は駄目』と清良が注意するのだが、それどころではないらしい。

「結仁パパ……？」

驚いた清良が聞き返す。

「そう、結仁パパ。保育園の友達に、何で先生って呼んでるの？って言われたらしくて。そう呼んでくれることになった」

「私は、きーちゃんなのに？」

清良は少し不服そうな顔をしつつも、その表情には愛情が滲んでいる。

「でも、仕方ないか。私はずっと、〝お姉ちゃん〟だったもんね」と、少し微笑みながら返ってきた。その瞬間、家族の温かさが心に広がり、これからの未来に対する希望が強くなる。

壮真の明るい声と清良の優しい笑顔が、この家の幸せを形作っていることを改めて実感するのだった。

「俺は名前の呼び方がどんな形であれ、壮真の父親になれて嬉しいよ。清良も、そうだろ？」

「ふふっ、そうですね。私は今の幸せを大切にしていきたいです」

清良の言葉を聞いた俺は、心の奥底から湧き上がるような幸せを噛みしめた。家族として、夫として、清良を一生大切にしたい。もちろん、壮真も自分の子どもとして守り抜く。

「結仁パパー、まだー？」

その声が響くと、二人は思わず顔を見合わせ、温かい笑みを交わす。

「今、行くよ」

壮真は知育菓子を作るのが待ちきれない様子で、テーブルに箱を並べてそわそわしている。彼の無邪気な姿は、見る者の心を和ませる。

「結仁さん、壮真にご飯前だからねって伝えてください」

やはり、そうきたか……。でも、今日は食べちゃ駄目とは言わないみたいだ。

「分かった」

清良は壮真の待ち遠しそうな様子を見て、思わず微笑む。いつもなら、手洗いうがいをしてお腹の赤ちゃんに挨拶をしたあとはドリルをするのが日課だったが、壮真にとって今日は特別な気分なのだろう。

壮真は、目を輝かせながら待っている。彼の期待感が部屋中に広がり、まるでその場の空気がわくわくしているように感じられる。

「小さいけど、ちゃんとたい焼きの形になるんだな」

俺は壮真の傍に行き、知育菓子を手に取ってパッケージを確認する。

「そうだよ。この他にお団子も作れるよ」

壮真は、その工程を心待ちにしている。レンジも少しだけ使うらしいと聞いて、俺自身も興味が湧いてきた。

壮真と一緒に電子レンジに材料を温めに行くと、清良が微笑みを浮かべながら、「楽しそうだね」と声をかけてきた。彼女のその笑顔は、まるで心の中の温かい光が零れ出ているかのようだ。

「きーちゃんにもあげるね。たい焼きとお団子、どっちがいい？」

壮真は、清良の顔を見ながら話す。

「どっちでも、余った方でいいよ」

「余った方？　結仁パパにもたい焼きあげたいから……、きーちゃんと赤ちゃんはお団子ね」

「うん、お団子食べたい」

壮真は知育菓子のたい焼きに夢中になりながらも、清良への配慮を忘れない。その優しい心遣いが、彼の成長を感じさせる。

清良は、壮真のその言葉に少し驚きながらも微笑む。彼女は壮真が自分よりも周りを気遣う姿に、愛おしさを感じているようだ。

俺がたい焼きに興味津々だからか、清良は自然と団子を選んだ。『赤ちゃんと一緒に』という優しさを壮真から受け取って。

清良の中にある母性が、壮真とのこの一瞬を更に特別なものにしているのだと思う。

「きーちゃん、できあがったよー！」

壮真は作った知育菓子を見せようと、清良を呼んだ。

清良は一旦、ロールキャベツを煮込んでいた鍋の火を止めて、少しだけ俺たちの様子を見に来た。

「わぁ！　可愛いね。食べるのがもったいないけど……ふふっ、お団子は串に三ついてるから、ご飯のあとで一つずつ食べようか？　分けっこもいいよね」

「うん、みんなで食べようね」

壮真は嬉しそうに言いながら、できあがった知育菓子を見せている。

家族の時間は、日常に幸せをもたらしてくれているんだなぁ。何気ない瞬間に喜びがあり、俺は幸せを噛みしめた。

【番外編】壮真がお兄ちゃんになった日

木々の芽吹きが少しずつ感じられるようになってきた三月中旬。出産予定日が近付いてきて、赤ちゃんがいつ産まれてもおかしくない状態だった。

「おーい！　お兄ちゃんの声、聞こえてる？」

壮真が私のお腹に耳を当てて、赤ちゃんに話しかけている。

「きっと聞こえてると思うよ。でも、前みたいに足でポコポコ蹴ってこないね」

最近はお腹が張る頻度が増えて、トイレも近くなってきた。前よりも恥骨や腰回りが痛んでギシギシするような気がする。それに、胎動も感じにくくなってきた。

出産関係の雑誌やネットの記事には、これが出産間近の兆候だと書かれていた。

「赤ちゃん、元気がないの？」

壮真が心配そうに聞いてくる。

「大丈夫だよ。赤ちゃんが静かにしてるのは、壮真や家族みんなに会いに来るための準備をしてるのかも」

「そっかぁ。それなら心配いらないね」

赤ちゃんが無事に生まれてくることを願う一方で、壮真の反応が気になっていたが、とても楽しみにしてくれているので安心した。彼はまだ幼いけれど、自分が〝お兄ちゃん〟になるという責任の重さをひしひしと感じているようだ。

「赤ちゃん、出ておいで。みんな待ってるからね」

壮真は、私のお腹を優しく撫でながら言った。その温もりは、赤ちゃんへの愛情が感じられる。壮真の心の中にはきっと、新たな家族への期待と不安が入り交じっているはず。私も壮真の気持ちを共有しながら、早く赤ちゃんに会いたいという願いが募っていく。

夜七時頃、少しだけお腹が痛くなってきた。

初めての出産を迎える緊張感が高まり、『もしかして陣痛が始まったのかな？』と不安が胸をよぎる。でも初めてだから、正解かどうかが分からない。

冷静さを保ち、万が一の時も考慮して、すぐに結仁さんに連絡をしておいた。出産の瞬間を一緒に迎えたいという思いが、私の中で強くなっていく。

しかし、結仁さんはメッセージアプリを見る暇もないのか、しばらく待っても既読にはならなかった。出産への心配が胸を締めつけてくる。

「きーちゃん、大丈夫？　結仁パパ遅いね……」

壮真が不安そうに私を見上げる。

「大丈夫だよ。先にご飯食べちゃおうか？」

私は笑顔を作りながら答える。壮真の目には心配が見えるけれど、私が強くいることで彼も安心できると思った。

「うん！　僕も手伝うね」

壮真のその言葉に、少しだけ心が和らぐ。今日の結仁さんは、早番だから本来ならもう帰って来てもいい頃だ。定時はとっくに過ぎているけれど、急患対応などで忙しいのだと自分に言い聞かせ、食事を準備することにした。

台所に立ちながら、壮真が手伝ってくれる姿を見ていると、私も頑張らなければと心に決める。

『結仁さん、早く帰って来て』と心の中で祈りながら、壮真と一緒に夕飯の準備を進めた。お腹が痛いのは気のせいだったのか、いつの間にかなくなっていた。

しかし、夕飯を食べ終わって片付けていると、先ほどよりも痛みが増してきた気がする。さっきは痛みが現れてはすぐに消えたので前駆陣痛かと思っていたが、きゅうっとお腹と腰が締めつけられる。これはさすがにまずいな……と焦りが募り、思わず病院の産婦人科に電話をした。

次に結仁さんのご両親に電話をして壮真をお願いしようとした瞬間、玄関のチャイムが鳴った。その音が、まるで運命の知らせのように響いた。

オートロックの暗証番号は教えていたものの、ドアを開くと結仁さんのご両親が居て、私は思わず「え？」と声を漏らした。

「こんばんは。清良さん、大丈夫？　壮真君から連絡もらって飛んで来たの。ほら、病院まで車に乗せて行くから出発しましょう！」

壮真が？　いつの間に連絡したのだろうか？

壮真に確認をする間もなく、私は結仁さんのご両親に言われるがままに車に乗せられた。お義父さんが運転する車には、私と壮真、お義母さんが乗っている。車の中で感じる揺れが、お腹の痛みを少し和らげてくれる気がした。壮真は横で不安そうに私を見つめている。

「大丈夫だよ、壮真。すぐに病院に着くから」と言ったものの、自分自身もかなり不安になっていた。

「僕ね、結仁パパが買ってくれたスマホから、二人にきーちゃんがお腹痛いみたいって送ったの。そしたら来てくれたんだよ」と、壮真が自慢気に話す。

そうだったんだ。私は以前倒れた時と今回と……、壮真に二度助けられている。彼が居ることが心強く、出産に立ち向かう勇気が湧いてくる。壮真の存在が、私にとってどれほど大きな支えになっているのか、改めて感じさせられた。

「ありがとね、壮真」

私の目尻に、じんわりと涙が溜まっていく。

「壮真君、偉いぞ！　さすが、成瀬家の孫だ」

お義父さんは声高らかに笑う。

「清良さん、私が病院の付き添いをするわね。じぃじが居るから、壮真君の心配はしなくて大丈夫よ」

お義母さんの優しさが身に染みる。

「僕、じぃじと一緒に寝る！　きーちゃんの赤ちゃんが生まれたら僕にも会わせてね」

みんなが私を第一に考えてくれて、とてもありがたいし嬉しい。私の目からポロリと涙が零れた。

病院に着いて、私はお義母さんに支えられて産婦人科まで歩いて行く。入院の荷物はお義父さんと壮真が持ってくれた。まだ生理時の痛みくらいだから、耐えられる。これからどんどん痛みが強くなると思うと怖いけれど……。

「清良……！」

産婦人科のある病棟に入り、陣痛室で横になっていると結仁さんが入って来た。

「ごめんな、連絡できなくて。やっと仕事が落ち着いたから」

「ふふっ、清良さんのこととなると結仁も慌てるのね。自販機で飲み物を買って来るから、陣痛がきたら腰をさすってあげなさい」

結仁さんはお義母さんからそう頼まれると、痛がっている時は私の腰をさすってくれた。

翌朝になっても赤ちゃんは産まれず、陣痛はまだ三分間隔くらいだった。あまりの痛さに逃げ出したくなったが、耐え抜いて……朝の九時過ぎに赤ちゃんは産まれた。

私は全ての処置が終わると眠りにつき、目が覚めると壮真の声が聞こえた。

「あっ、きーちゃん起きたよ！」

「清良、出産頑張ったな。お疲れ様」

結仁さんと壮真は私の目が覚めるまで傍に居てくれたみたいで、二人でにこにこしている。

「きーちゃん、おめでとう！」

ベッドに寝ていた私に壮真が抱きついて来る。

「僕ね、結仁パパと一緒に赤ちゃん見て来たよ。僕……、お兄ちゃんになったんだね」

とても嬉しそうにしている壮真が愛おしい。

「そうだよ。四人家族になったの。みんな仲良く暮らそうね」

「うん！　僕、カッコイイお兄ちゃんになれるように頑張るね！」

私の目が覚めたので、看護師さんが赤ちゃんを病室まで連れて来てくれた。

「きーちゃん、結仁パパ、赤ちゃんが僕の指をぎゅってしてきたよ。可愛いねぇ」

結仁さんに抱っこされた赤ちゃんは機嫌も良く、壮真はずっと寄り添っている。

「赤ちゃんが壮真によろしくって挨拶してるんじゃないのかな？」

「そうかなぁ？　そうだったら嬉しい」

壮真は照れくさそうに言った。

「壮真も抱っこしてみるか？」

「いいの？」

「うん。椅子に座って。そぉっと赤ちゃん下ろすから」

結仁さんはゆっくりと壮真の両腕に赤ちゃんを下ろす。

「わぁっ！　赤ちゃんて軽いんだね」

壮真の目には涙が浮かんで、キラキラと輝いていた。

END

あとがき

こんにちは、桜井響華です。マーマレード文庫、四冊目となりました。今回はドクターものです。ドクターものは大好きなので執筆していても楽しかったです！

今回から担当さんが変更になりましたが、初っ端から体調不良等により、ご迷惑をおかけしてばかりで大変申し訳ない気持ちでいっぱいです。担当さんのお力添えがあったからこそ、最後まで走り抜くことができました。ありがとうございました。

表紙イラストは、ながさわさとる先生が担当してくださいました。全体的に淡い色でまとめられていて、優しい雰囲気がとても好きです。結仁もカッコイイし、清良も美人さんですよね。壮真も子どもらしくて、結仁に懐いている感じがお気に入りです。

マーマレード編集部様をはじめとする書籍化に携わってくださった皆様、読者様、たくさんの方に感謝しております。

お手に取ってくださった皆様に、また幸せな物語をお届けできますように。

桜井　響華

マーマレード文庫

エリート救急医と偽装結婚のはずが子どもごと愛されています

2025年4月15日　第1刷発行　定価はカバーに表示してあります

著者　桜井響華　©KYOKA SAKURAI 2025
発行人　鈴木幸辰
発行所　株式会社ハーパーコリンズ・ジャパン
東京都千代田区大手町1-5-1
電話　04-2951-2000（注文）
0570-008091（読者サービス係）
印刷・製本　中央精版印刷株式会社

Printed in Japan ©K.K. HarperCollins Japan 2025
ISBN-978-4-596-72939-2

m a r m a l a d e b u n k o